CRIME IMPUNI

ŒUVRES DE GEORGES SIMENON
DANS PRESSES POCKET

Le Chien jaune
Les Fiançailles de M. Hire
L'Ombre chinoise
L'Affaire Saint-Fiacre
Le Coup de lune
La Maison du canal
Le Fou de Bergerac
Maigret
Le Charretier de la providence
Un Crime en Hollande
La Nuit du carrefour
La Tête d'un homme
L'Homme de Londres
M. Gallet décédé
La Guinguette à deux sous
Pietr le Letton
Les Gens d'en face
Le Passager du Polarlys
Le Relais d'Alsace
Liberty-Bar
La Danseuse du Gai-Moulin
Le Pendu de Saint-Phollien
Au rendez-vous des Terre-Neuvas
L'Ecluse numéro un
Le haut mal
Mort d'Auguste
Le Train
Maigret au Picratt's
Une confidence de Maigret

Le Chat
Betty
Maigret et la Grande Perche
Le Fond de la bouteille
Au bout du rouleau
Le Destin de Malou
Les Fantômes du chapelier
Une vie comme neuve
Marie qui louche
La Mort de Belle
La Fuite de M. Monde
Crime impuni
La Boule noire
L'Amie de Mme Maigret
En cas de malheur
Le Passager clandestin
Le Président
Tante Jeanne
Les Témoins
Le Veuf
La Vieille
L'Ane rouge
Le Port des brumes
Chez les Flamands
Les Treize coupables
Les Treize énigmes
Les Treize mystères
Pedigree
Mémoires intimes
Maigret et le corps sans tête

GEORGES SIMENON

CRIME IMPUNI

PRESSES DE LA CITÉ

La loi du 11 mars 1957 n'autorisant, aux termes des alinéas 2 et 3 de l'Article 41, d'une part, que les *copies ou reproductions strictement réservées à l'usage privé du copiste et non destinées à une utilisation collective*, et, d'autre part, que les analyses et les courtes citations dans un but d'exemple et d'illustration, *toute représentation ou reproduction intégrale ou partielle, faite sans le consentement de l'auteur ou de ses ayants droit ou ayants cause est illicite* (alinéa 1er de l'Article 40).
Cette représentation ou reproduction, par quelque procédé que ce soit, constituerait donc une contrefaçon sanctionnée par les Articles 425 et suivants du Code pénal.

© *Copyright by Georges Simenon 1954.*

ISBN 2-266-05072-9

PREMIÈRE PARTIE

LE COIN D'ÉLIE

CHAPITRE PREMIER

LE LOCATAIRE DE LA CHAMBRE VERTE ET LE NOUVEAU DE LA CHAMBRE GRENAT

DES CRIS D'ENFANTS éclatèrent dans la cour de l'école d'en face et Elie sut qu'il était dix heures moins le quart. Certaines fois, il lui arrivait d'attendre avec une impatience qui frisait le malaise ce déchirement brutal de l'air par les voix de deux cents gamins jaillissant des classes pour la récréation. On aurait juré que, chaque matin, quelques instants avant ce feu d'artifice sonore, le silence régnait plus profondément sur le quartier comme si celui-ci tout entier était dans l'attente.

Pour les dix dernières minutes au moins, ce jour-là, Elie ne se souvenait que du grattement de sa plume sur le papier. Il n'avait pas entendu passer de tram au coin de la rue. Il devait y en avoir eu au moins un, car il en passait toutes les cinq minutes. Il n'avait rien entendu, pas même les allées et venues de sa logeuse, et il se mit à tendre l'oreille.

Il n'avait pas de montre. Il n'en avait possédé qu'une dans sa vie, la montre en argent de son père, que celui-ci lui avait remise solennellement quand il avait quitté Vilna. Il l'avait revendue depuis longtemps et il n'y avait pas de réveille-matin dans sa chambre.

Quand, tout à l'heure, Mme Lange était montée au premier avec son seau et ses brosses, cela signifiait qu'il était environ neuf heures. Elle montait tout de suite après le passage du marchand de légumes.

Comme d'habitude, elle avait commencé par faire le ménage de la chambre rose, celle de Mlle Lola, dont les deux fenêtres donnaient sur la rue. Puis elle avait dû passer dans la chambre jaune, habitée par Stan Malevitz, où son premier soin était toujours d'allumer du feu dans le poêle à charbon. Pour le faire prendre plus vite, elle y versait du pétrole dont l'odeur parvenait jusqu'à Elie, mélangée à celle du petit bois qui brûlait.

Elle était en retard. Elle aurait déjà dû frapper à sa porte à lui. Sa chambre, la verte, comme on l'appelait, était à mi-chemin entre le rez-de-chaussée et le premier étage, une pièce qu'on avait bâtie au-dessus de la cuisine et qu'un toit de zinc rendait étouffante en été et glaciale en hiver.

On était en novembre, et il faisait froid; Elie, pour écrire à sa table, devant la fenêtre, avait endossé son pardessus et s'était relevé après quelques minutes pour aller prendre sa casquette.

Elle allait encore lui demander :

— Qu'est-ce que vous faites là, monsieur Elie? Pourquoi n'êtes-vous pas descendu travailler dans la cuisine?

Et il répondrait :

— Vous ne me l'avez pas proposé.

— J'ai besoin de vous le répéter tous les matins? Vous ne vous habituerez jamais à vous considérer ici comme chez vous?

Certaines fois, en montant, elle pensait à s'arrêter devant sa porte et à l'appeler.

— Monsieur Elie ! vous êtes là ? Cela vous ennuierait de vous installer en bas et de surveiller ma soupe ?

D'autres fois, cela lui échappait. Elle pensait beaucoup. Il lui arrivait de parler toute seule, le front plissé, en nettoyant la chambre. Deux fois par semaine, Elie avait cours le matin à l'Université. Ce n'étaient pas nécessairement les mêmes jours et elle ne s'y retrouvait pas. Pour elle, l'Université était comme l'école d'en face où il aurait dû se rendre chaque matin à la même heure.

Il était enrhumé. Tous les hivers, il traînait un rhume pendant des mois, avec des hauts et des bas. Le morceau de ciel découpé par les cheminées des maisons voisines avait beau être d'un bleu clair, l'air était froid, surtout dans sa chambre, et il soupira d'aise quand une porte s'ouvrit sur le palier et quand il entendit les pas de Mme Lange dans l'escalier.

— Vous êtes là, monsieur Elie ?

Avec un fort accent polonais, il répondit en se levant :

— Oui, madame.

Ainsi qu'il l'avait prévu, elle grommela, comme fâchée :

— Vous n'auriez pas pu descendre, au lieu de grelotter dans votre pardessus. Combien de fois faudra-t-il que je vous le dise ? Allez vite ! Installez-vous dans la cuisine et mettez du charbon sur le feu.

Elle était maigre, d'un blond terne, la peau blanche, les yeux gris, l'air perpétuellement fatigué.

— Vous n'avez pas besoin d'emporter votre pardessus.

Il savait qu'elle allait tout de suite ouvrir la fe-

nêtre, parce qu'elle n'aimait pas son odeur. Elle ne
le lui avait jamais avoué. Mais il lui était arrivé de
remarquer :
— C'est curieux comme chacun a une odeur
différente. Chaque chambre aussi, par le fait. Peut-
être les gens n'y attachent-ils pas assez d'importance
avant de se marier. Ainsi, moi, je n'ai jamais pu
m'habituer à l'odeur de mon mari.

Celui-ci était mort dix ans plus tôt, pendant la
guerre de 1914, et, depuis lors, elle prenait des étudiants comme pensionnaires.

— J'aime encore mieux l'odeur des hommes que
celle des femmes. Celle de Mlle Lola me tourne sur
le cœur et, chaque fois que j'entre dans sa chambre,
j'ouvre les fenêtres toutes grandes.

C'était aussi son premier soin quand elle entrait
dans celle d'Elie.

Il emporta ses livres, ses cours, descendit dans la
cuisine dont la porte vitrée était embuée de vapeur.
Dans la grande casserole en émail brun, la soupe
cuisait à petits bouillons et, au milieu du poêle de
tôle noire, entre les deux fours, le trou ovale par
lequel on tisonnait était d'un rouge incandescent.

Quand il eut refermé la porte, mis sur le feu une
pelletée de charbon, il put enfin s'asseoir devant la
table couverte de toile cirée et pousser un soupir de
soulagement. La chaleur commençait à le pénétrer,
faisait monter le sang à son visage, lui mettait des
picotements sous la peau et l'odeur qui régnait
était une bonne odeur d'oignons et de poireaux,
les bruits étaient des bruits discrets et familiers, le
ronronnement du feu, parfois la chute de cendres
rouges à travers la grille, le frémissement du couvercle sur la casserole.

Tout cela l'enveloppait bien mieux que son pardessus qui datait de Vilna et c'était aussi rassurant
que de s'enfoncer dans un lit où l'on cherche du pied
la bouillotte.

Dans vingt minutes ou une demi-heure, Mme Lange redescendrait pour mettre quelque chose à cuire, remonterait faire le ménage dans les mansardes du second étage qu'elle occupait avec sa fille.

A Vilna aussi, la vie quotidienne avait un rythme régulier que scandaient les bruits de scie et de rabot dans l'atelier de son père, mais il avait toujours détesté ce rythme-là, n'avait rêvé, pendant son enfance et son adolescence, que d'y échapper.

Une voix disait en haut de l'escalier :
— Il n'y a rien qui brûle, monsieur Elie ?
Il alla entrouvrir la porte vitrée pour répondre :
— Non, madame.

Depuis que M. Lenizewski, ses derniers examens passés, était retourné dans son pays, Elie était le plus ancien locataire de la maison, où il était arrivé trois ans plus tôt, ne parlant pas un mot de français. Il avait vu se présenter Stan Malevitz, qui donnait des leçons de gymnastique pour payer une partie de ses études, puis, un an plus tard, en 1925, Lola Resnick, qui était née au Caucase et que ses parents avaient emmenée à Istambul au moment de la révolution. Ils y vivaient toujours. Elle était allée passer les dernières vacances avec eux. Stan aussi retournait en Pologne pour les vacances. Seul Elie était trop pauvre pour se payer le voyage. S'il avait eu assez d'argent, il aurait été obligé de le faire.

Leah, sa sœur aînée, lui écrivait :

« *Père voudrait que tu nous dises si Liège ressemble à Vilna, comment sont les maisons, comment on y mange et s'il y a une synagogue.* »

Là-bas, ils habitaient la rue Oszmianski, à deux cents mètres de la synagogue Tagorah qui tenait une place importante dans la vie de la famille et dans celle du quartier. Il existait une synagogue à

Liège aussi, qu'il avait découverte par hasard et où il n'avait jamais mis les pieds.

Il entendit le seau, le pas de sa logeuse qui allait déposer ses ustensiles dans la cour puis qui pénétra dans la cuisine en s'essuyant les mains à son tablier.

— Vous avez remis du charbon?

Elle en versait à son tour. La maison, comme celle de Vilna, avait ses rites. Par exemple, le poêle était flanqué de deux seaux de charbon et ce n'était pas le même qu'on employait pour cuisiner ou quand on voulait un feu doux. Il fallait aussi savoir à quel angle tourner la clef qui réglait le tirage.

— Vous restez ici? Je peux monter dans ma chambre?

Au fond, elle était contente qu'un de ses locataires au moins soit plus pauvre qu'elle.

— Vous pouvez vous servir un bol de soupe. Elle n'est pas passée, mais, en prenant le dessus...

— Merci, madame.

Il savait que cela l'irritait qu'il refuse invariablement ce qu'elle lui offrait, mais il était incapable de faire autrement. Elle le savait aussi. Il leur arrivait de se disputer. Une fois, elle avait pleuré.

— Je redescends dans un quart d'heure.

Il n'était jamais monté au second, qui était le domaine des deux femmes. Il n'y avait pas de chauffage, là-haut, car on n'y portait jamais de charbon, et le jour venait des lucarnes percées dans le toit. Fatalement, on avait placé les meilleurs meubles dans les chambres de locataires.

Tout de suite après avoir fait le lit de sa fille et le sien, Mme Lange se changeait, se coiffait, mettait un tablier propre.

Il y avait dix minutes qu'elle était montée et sans doute était-elle déshabillée quand quelqu'un tira la sonnette de la porte d'entrée; quelqu'un

qui n'était pas un habitué de la maison car il avait
tiré trop fort, au risque d'arracher la chaîne.

Elie attendit un instant, épiant les bruits d'en
haut.

— Cela ne vous ennuie pas d'aller ouvrir?
— Tout de suite, madame!

Il aimait particulièrement certaines expressions
françaises et « tout de suite » était une de ses lo-
cutions préférées.

Tandis qu'il suivait le corridor aux murs peints
en faux marbre, il voyait l'ombre de deux jambes
dans la ligne de lumière qui filtrait sous la porte. Il
ouvrit, se trouva en face d'un homme de son âge
et, comme s'il éprouvait un pressentiment, se rem-
brunit. S'il avait osé suivre son instinct, il aurait
refermé la porte et répondu à Mme Lange, quand
elle l'aurait questionné, que c'était un mendiant
qui avait sonné. Il en passait presque tous les
jours.

La cour de l'école, en face, était vide. Il n'y
avait personne dans la rue, sauf le jeune homme
qui se tenait devant le seuil et regardait Elie d'un
air intrigué et surpris.

Au lieu de dire immédiatement ce qu'il voulait,
il prit le temps de réfléchir. Son regard glissa des
cheveux roussâtres et presque crêpus d'Elie à ses
yeux globuleux, à ses lèvres charnues, à ses vêtements enfin qui, comme le pardessus, dataient encore de Vilna et, quand il parla, ce fut pour dire
avec un léger sourire :

— Je suppose que vous êtes Polonais?

Il s'était exprimé en polonais, avec un accent
qu'Elie reconnut.

— Oui. Qu'est-ce que vous désirez?
— Je viens pour la chambre à louer.

Il désignait du menton l'affiche qui, appliquée à
une des fenêtres du rez-de-chaussée, annonçait
qu'une chambre meublée était libre.

— Je suppose que vous êtes étudiant aussi? continua-t-il.

Il semblait étonné qu'Elie ne lui rendît pas son sourire et le laissât sur le trottoir sans l'inviter à entrer. La voix de Mme Lange questionnait, du haut de la cage d'escalier :

— Qu'est-ce que c'est, monsieur Elie?
— Quelqu'un pour la chambre.
— Voulez-vous le faire entrer? Je descends dans un instant.

Le nouveau venu avait entendu, mais il ne devait pas avoir compris et gardait son air interrogateur. Ce n'était pas un Polonais, mais un Roumain.

— Entrez. La propriétaire va descendre.

Elie recula un peu dans le corridor pour faire place à l'étranger, fut sur le point de retourner dans la cuisine en le laissant là. Il aurait pu lui ouvrir la porte de la chambre de devant, celle qui, justement, était à louer.

C'était la plus belle de la maison, et, jadis, elle servait de salon. Le papier peint en était grenat. Outre le lit, il y avait une chaise longue qu'Elie avait toujours regardée avec envie.

— Vous parlez le français? lui demanda le Roumain avant qu'il ait eu le temps de s'éloigner.

Il fit oui de la tête.

— Moi pas. Je viens seulement d'arriver. J'aurais dû être ici le mois dernier, pour le commencement des cours. A la dernière minute, il a fallu qu'on m'opère de l'appendicite.

Il parlait simplement, avec un certain enjouement, content de trouver quelqu'un qui le comprenne, et, comme Mme Lange descendait l'escalier, il ajouta :

— Cela ne vous fait rien de rester pour traduire?

Avant même d'arriver en bas, Mme Lange, qui sentait le savon, protesta :

— Vous ne l'avez pas fait entrer dans la

chambre ? Depuis quand reçoit-on les gens dans le corridor ?

Elle savait qu'Elie était jaloux. Il savait qu'elle le savait. Ils se connaissaient bien tous les deux et souvent c'était entre eux une sorte de petite guerre. Par exemple, cela la gênait, devant lui, de prendre son air sucré pour accueillir l'éventuel locataire.

— Excusez-moi, monsieur. M. Elie est toujours si distrait qu'il en oublie les bonnes manières.

Elle poussait la porte de la chambre grenat tandis qu'Elie disait avec satisfaction :

— Il ne comprend pas le français.

— C'est vrai que vous ne parlez pas le français ?

Le jeune Roumain hochait la tête en souriant, demandait à Elie :

— *Qu'est-ce qu'elle dit ?*

— Elle demande si vous parlez le français.

C'était un Juif aussi, mais d'un type différent de celui d'Elie. Ses cheveux étaient bruns et lisses, ses yeux d'un noir profond, sa peau mate et il était vêtu avec plus d'élégance que la plupart des étudiants. Parmi les milliers d'étrangers qui suivaient les cours de l'Université, on n'en comptait que deux ou trois douzaines comme lui, dont les parents étaient riches et qu'on voyait plus souvent dans les cafés que dans les salles de cours.

— Dites-lui, monsieur Elie, que c'est la meilleure chambre de la maison. Elle est un peu plus chère que les autres mais...

Elie traduisait d'une voix sans éloquence.

— *Qu'est-ce qu'il dit ?*

— Il demande si vous donnez la pension complète.

— Je sers le petit déjeuner et vous savez comment on s'arrange pour le dîner. Quant au repas de midi...

Il traduisait à nouveau, le Roumain répondait.

— *Qu'est-ce qu'il dit?*
— Qu'il préférerait la pension complète.

La chambre était inoccupée depuis trois mois et, comme les cours avaient recommencé, il y avait peu d'espoir de la louer avant la prochaine année.

— Répondez-lui que cela dépend. D'habitude, je ne le fais pas. On pourrait peut-être s'arranger.

Avait-elle remarqué que le nouveau venu était parfumé? Elie, lui, l'avait noté avec une secrète satisfaction, sachant que Mme Lange n'avait que mépris pour les hommes qui se parfument.

— Il dit qu'il n'est pas difficile. Il tient à vivre dans une famille, afin d'apprendre plus vite le français. La première année, il ne suivra guère les cours.

Cela dura encore dix minutes.

— Comment s'appelle-t-il?
— Mikhaïl Zograffi. Il préfère que vous l'appeliez Michel.
— Puisqu'il est d'accord sur le prix, demandez-lui quand il désire entrer.

Elie traduisait toujours, tourné tantôt vers l'un, tantôt vers l'autre.

— Dès que vous le lui permettrez. Aussitôt après le déjeuner si c'est possible. Ses bagages sont à l'hôtel de la Gare.

Au moment de sortir, Michel Zograffi se pencha alors que Mme Lange ne s'y attendait pas, lui saisit la main et la baisa tandis qu'elle rougissait, peut-être de gêne, peut-être de plaisir.

La porte refermée, elle murmura :
— C'est un jeune homme bien élevé.

Enfin, elle laissa éclater sa joie.

— La chambre est louée, monsieur Elie ! Qu'est-ce que vous dites de ça? Moi qui craignais de la garder vide tout l'hiver ! Comment cela se fait-il, alors que vous me dites qu'il est Roumain, qu'il parle le polonais comme vous?

— Peut-être est-il de la frontière? Ou peut-être sa mère est-elle Polonaise? Il est possible aussi que son père soit d'origine polonaise.

— Il n'a pas discuté le prix. J'aurais dû lui demander davantage.

Elle considérait plutôt Elie comme quelqu'un de la maison que comme un locataire.

— Vous croyez qu'il est riche? Vous avez remarqué la chevalière qu'il porte au doigt?

Ils avaient tous les deux regagné la cuisine. Elle prenait un morceau de viande dans le placard, mettait du beurre à fondre dans une casserole, épluchait un oignon.

— Vous n'avez pas besoin de monter dans votre chambre. Je vais vous laisser travailler.

Il était de mauvaise humeur et il fit semblant d'être plongé dans ses cours.

— J'aurai un peu plus de travail pour lui préparer ses repas, mais cela en vaut la peine. Vous croyez que les Roumains mangent comme nous?

On ne s'était jamais inquiété de ce qu'il aimait ou n'aimait pas, lui. Il est vrai qu'il n'était pas pensionnaire et qu'il achetait sa propre nourriture. De vrais pensionnaires, il n'y en avait jamais eu dans la maison pour la simple raison que, jusque-là, aucun locataire n'avait été assez riche.

Qu'il s'agisse de Mlle Lola, de Stan Malevitz ou d'Elie, chacun avait sa petite cafetière ou sa théière, chacun avait aussi une boîte en fer blanc avec son pain, son beurre, de la charcuterie ou des œufs.

Pour ne pas qu'on salisse les chambres avec des réchauds à alcool, et surtout par crainte du feu, Mme Lange les laissait aller et venir dans la cuisine et s'installer ensuite à la table commune.

Mlle Lola et Stan prenaient leur repas de midi dehors. Seul Elie restait à la maison et, chaque jour, se cuisait un œuf.

— Vous feriez mieux de manger de la viande, monsieur Élie. A votre âge, on a besoin de forces.

Il hochait la tête, répondait :

— Je ne mange pas la chair des animaux.

Une fois, il avait ajouté :

— C'est répugnant.

Et c'était vrai que pendant un temps, au début, il avait été végétarien par conviction. Depuis, il arrivait que ses narines frémissaient à l'odeur d'un steack qui grésillait, mais il avait fixé son budget une fois pour toutes et ses menus étaient invariables : le matin, un pot de yoghourt, un petit pain et une tasse de thé; à midi, un œuf, du pain et de la margarine; le soir, du pain et un œuf.

— Vous croyez qu'il s'habituera à la maison?

— Pourquoi ne s'y habituerait-il pas?

— Il doit être habitué à une vie plus luxueuse.

Mme Lange prétendait volontiers qu'elle n'aimait pas les riches, que c'étaient tous des égoïstes, mais elle ne pouvait s'empêcher de les traiter avec respect.

— C'est beau la Roumanie?

— Comme tous les pays.

— Je vous empêche de travailler?

Il répondit froidement :

— Oui.

Elle lui en voulut, continua à aller et venir autour de lui sans un mot.

Une demi-heure plus tard, une clef tourna dans la serrure de la porte d'entrée. C'était Louise, la fille de Mme Lange, qui rentrait déjeuner, et cela signifiait qu'il était midi vingt, car elle mettait environ vingt minutes pour revenir du central téléphonique où elle travaillait.

Dans le corridor, elle retira son manteau, son chapeau, fit bouffer ses cheveux, regarda un instant dans le miroir son visage toujours fatigué comme celui de sa mère.

Mme Lange avait entrouvert la porte de la cuisine.

— Bonne nouvelle ! criait-elle.

— Quoi ? questionnait la jeune fille avec indifférence.

— J'ai loué !

— La chambre grenat ?

Il n'y en avait pas d'autre de disponible, ce qui rendait la question superflue.

— Oui. Tu ne devinerais jamais combien. Il est vrai que je vais devoir faire la pension complète.

— Ah !

Louise entrait sans dire bonjour à Elie qu'elle avait vu le matin et qu'elle était habituée à trouver là, soulevait le couvercle d'une casserole, questionnait :

— Où le serviras-tu ?

— Dans la salle à manger, bien entendu.

— Et nous ?

— Nous continuerons à manger dans la cuisine.

Elle regarda Elie qui avait levé la tête et ils eurent l'air de se comprendre. Toutes les habitudes de la maison allaient être bouleversées par le nouveau locataire.

— Tu fais ce que tu veux. Cela ne me regarde pas. Mais tu vas encore te plaindre d'être fatiguée.

— S'il paie à lui seul autant que les trois autres, cela en vaut la peine, non ?

Cela créait comme un brouillard autour d'eux. Rien n'avait encore changé dans la maison, les choses, les odeurs étaient à leur place, il y avait une tache de soleil, comme toujours à cette heure-là, sur le mur blanc de la cour, Elie ramassait ses livres et ses cahiers pour qu'on puisse mettre la table, mais déjà les voix, les attitudes n'étaient plus les mêmes.

— Où allez-vous, monsieur Elie ?

— Porter mes affaires là-haut.

Du corridor, il crut entendre Mme Lange qui disait à mi-voix à sa fille :

— Il est jaloux.

Quand il descendit, on avait recouvert la toile cirée d'une nappe à carreaux rouges et Louise posait les couverts sur la table. Est-ce qu'un jour elle ressemblerait à sa mère? Elle était plus grande qu'elle, pas beaucoup, aussi maigre, et elle avait les mêmes cheveux blonds, les mêmes yeux d'un gris délavé.

Au lieu de la résolution qui se lisait sur les traits de Mme Lange, les siens, exprimaient une sourde mélancolie et, même quand elle souriait, elle ne souriait jamais qu'à demi, et encore rarement, comme si elle avait peur de réveiller le mauvais sort.

A deux reprises, dans son enfance, elle avait été alitée pour plusieurs mois par une maladie osseuse et, des années durant, elle avait porté un corset à armature de métal.

Les médecins prétendaient qu'elle était guérie, qu'une rechute était plus qu'improbable. Peut-être ne les croyait-elle pas?

Elie la trouvait belle. Jamais il n'avait vu un être à la peau si fine et si douce, ni quelqu'un qui donnât une telle impression de fragilité. Il ne lui faisait pas la cour. L'idée ne lui en venait pas. Mais, alors qu'il n'était pas ému par ses sœurs, l'idée que Louise était comme sa sœur lui procurait une satisfaction trouble.

A midi, en l'absence de Mlle Lola et de Stan, on mangeait dans la cuisine, ce qui évitait d'allumer le feu dans la salle à manger et d'avoir à aller et venir avec les assiettes et les plats. C'était l'heure préférée d'Elie. Chacun avait sa place à table, Louise en face de lui, Mme Lange le dos au poêle. Il prenait sa boîte en fer blanc dans le placard, décrochait la petite poêle qui lui appartenait, faisait frire son œuf, rangeait son pain et sa margarine sur la table.

— Vous ne mangiez pas de viande, dans votre pays ?

— Les autres en mangeaient.

— A quel âge avez-vous cessé d'en manger ?

— A seize ans.

C'était vrai. Il avait eu une crise de mysticisme qui l'attendrissait sur tout ce qui était vivant.

— Pourvu qu'il ne soit pas trop difficile.

C'était au nouveau locataire qu'elle pensait, un peu inquiète, car elle n'avait pas résisté à l'attrait d'un revenu supplémentaire et elle en était gênée, se rendait compte que les autres allaient considérer sa décision comme une trahison.

— Il doit être d'une bonne famille. Vous ne voulez vraiment pas une assiette de soupe, monsieur Elie ?

— Merci, madame.

— Combien de fois faudra-t-il que tu lui poses la même question, mère ?

— Je ne comprends pas qu'on soit si fier.

Elle cherchait une dispute, justement parce qu'elle n'avait pas la conscience tranquille. Cela lui arrivait de temps en temps de se chamailler avec Elie qui, dans ces cas-là, quittait la cuisine en claquant la porte et montait s'enfermer chez lui. Une fois, il avait fait voler un des carreaux en éclats.

Mme Lange mettait une heure ou deux à se calmer et à avoir des remords.

L'après-midi, ils étaient à nouveau seuls dans la maison. Elle finissait par monter sur la pointe des pieds jusqu'à l'entresol, penchait la tête pour écouter.

— Monsieur Elie ! appelait-elle à mi-voix.

Il feignait de ne pas entendre et elle se résignait à frapper à la porte. Il questionnait, sans se lever :

— Qu'est-ce que c'est?
— Je peux entrer?

Ces jours-là, il s'enfermait à clef. Il boudait.

— Je travaille. Vous pouvez parler à travers la porte.

Elle n'ignorait pas qu'il lui arrivait d'avoir les mêmes crises de rage qu'un enfant. Il se jetait sur son lit et mordait son oreiller, sans pleurer, mais en prononçant des mots qui ressemblaient à des menaces. Quand il se résignait à descendre, son visage était comme tuméfié, ses yeux, encore plus globuleux que d'habitude, avaient l'air de lui sortir de la tête.

Lorsqu'il était entré dans la maison, trois ans plus tôt, elle avait annoncé à sa fille :

— Fais attention de ne pas le regarder trop fixement. Il est tellement laid ! Il pourrait deviner ce que tu penses.

On ne s'en apercevait plus. L'idée ne lui venait plus de le comparer à un crapaud.

— Tu sais, Louise, que le nouveau ne parle pas un mot de français? Il a dû arriver hier ou avant-hier et quelqu'un lui aura parlé de la maison.

Elle en revenait toujours à lui, plus tracassée qu'elle voulait le laisser voir.

— Cela ne rate jamais. Au début, on se fait des idées, faute de connaître les gens. Quand M. Lenizewski est arrivé, il y a six ans, j'ai cru que je ne pourrais pas le supporter une semaine. Je me souviens que, le second jour, je lui ai fait remarquer qu'il claquait les portes et qu'il allait les démolir. Il m'a répondu :

— *Si je casse, je paie!*

— J'en ai pleuré. Il n'en est pas moins resté quatre ans et sa mère a fait le voyage pour venir me remercier.

Elle se levait sans cesse pour prendre quelque

chose sur le feu et pour servir sa fille et elle-même.
— Tu es enrhumée?
Louise prétendait que non. Elle aussi faisait son rhume chaque hiver, mais c'était un rhume de poitrine qui lui durait des semaines.
— Tu respires mal.
— Peut-être parce que j'ai trop chaud.
Il faisait toujours trop chaud dans la cuisine, avec en permanence de la buée sur les vitres, et c'était justement ce qu'Elie appréciait. Parfois, l'après-midi, pendant que Mme Lange courait les boutiques du quartier, il restait seul dans la maison, et alors il s'installait sur une chaise devant le poêle, mettait ses pieds dans le four.
— Quand est-ce qu'il entre?
— Cet après-midi.
Louise partit à une heure dix, car elle recommençait son travail à une heure et demie. Elie remit ses affaires dans la boîte en fer, lava son assiette et son couvert, pendant que la logeuse débarrassait la table.
Cela aussi était un sujet de disputes.
— Vous me donnez plus de mal à rester dans mes jambes qu'en me laissant laver votre couvert.
Il ne répondait pas, prenait son air têtu.
— Voulez-vous me dire pourquoi vous vous obstinez? Une assiette de plus ou de moins...
C'était son idée à lui. Il ne voulait rien pour rien. En outre, il aurait pu lui répondre qu'elle finirait un jour par lui reprocher ce qu'elle avait fait pour lui. C'était arrivé avec un locataire qui n'était resté que trois mois dans la maison. Il était pauvre aussi. Au début, Mme Lange l'avait donné aux autres comme un modèle.
— *Il est tellement discret!*
Il avait eu le tort d'accepter le bol de soupe

d'onze heures du matin et, une fois qu'il était malade, un seau de charbon qu'on ne lui avait pas compté.

Un jour, il avait annoncé qu'il partait et on avait appris que c'était pour s'installer dans une pension de la même rue, une pension où les locataires avaient le droit de recevoir des femmes.

Mme Lange en avait parlé pendant huit jours; elle en parlait encore après plus d'un an.

— Quand je pense à ce que j'ai fait pour lui! Il portait toujours des chaussettes trouées et j'allais les prendre dans sa chambre pour les raccommoder en cachette. Vous croyez qu'il m'a jamais dit merci? Il faisait comme s'il ne s'en apercevait pas. Une fois qu'il venait de recevoir une lettre de son pays et qu'il paraissait sombre, je lui ai demandé :

— *Mauvaise nouvelle, monsieur Sacha? J'espère que personne n'est malade dans votre famille?*

« Il s'est contenté de me répondre :
— *Ce sont mes affaires.* »

La cuisine était à nouveau en ordre.

— Allez chercher vos livres, monsieur Elie, et venez vous installer.

Il fit non de la tête.

— Qu'est-ce que vous avez?
— Rien. Il faut que je sorte.

Ce n'était pas vrai. Elle le sentait. C'était encore une façon de bouder. Il n'avait aucun ami. Il n'avait rien à faire à cette heure-ci à l'Université. Ce n'était pas le garçon à se promener dans les rues pour son plaisir, surtout par temps froid.

S'il sortait, c'était pour ne pas se trouver dans la maison quand le nouveau locataire arriverait.

— Comme il vous plaira!

Elle le vit redescendre un peu plus tard, un cache-nez en laine tricotée autour du cou, les mains dans les poches de son pardessus trop long, d'une couleur verdâtre qui suffisait à le désigner comme un étranger.

Il referma la porte brutalement, et cela aussi était un signe.

CHAPITRE II

LES LETTRES DE BUCAREST
ET LES RIDEAUX DE GUIPURE

TOUTE LA JOURNEE, le ciel avait gardé la lividité froide de l'aube et maintenant, à trois heures, quelques flocons de neige descendaient dans l'air, si légers qu'ils se dissolvaient sans laisser de traces. En face, les lampes étaient allumées dans les classes de l'école.

Comme tous les jeudis, Mme Lange, en grande toilette, était allée faire des courses dans le centre de la ville et ne rentrerait pas avant cinq heures; peut-être passerait-elle, à cinq heures et demie, chercher Louise au central téléphonique qui était sur son chemin.

Il y avait déjà une heure qu'Elie était seul dans la maison, installé, avec ses cours, dans la cuisine surchauffée où il avait le sang à la tête, les yeux luisants à cause de son rhume. Quand il ne sortait pas, il ne portait pas de cravate et souvent il gardait toute la journée sa chemise de nuit sous son veston. Il ne se rasait que deux ou trois fois par semaine et aujourd'hui les poils roux de ses joues avaient un demi-centimètre.

Dans les premiers temps de son séjour, Mme Lange lui avait dit :

— Je ne comprends pas qu'à votre âge, vous ne soyez pas plus coquet.

Elle avait hésité imperceptiblement avant le dernier mot. Ce qu'elle pensait, c'était : plus propre.

Elle avait ajouté :

— Je me demande parfois si vous ne le faites pas exprès.

Elle n'avait pas précisé sa pensée, mais son regard avait glissé sur les ongles d'Elie, toujours cernés de noir.

Peut-être le Roumain était-il à l'Université, où il s'était inscrit à la Faculté des Mines. C'était possible aussi qu'il se trouve dans quelque café du centre en compagnie de ses compatriotes, car il en avait découvert deux ou trois.

Il ne s'était pas encore tout à fait intégré à la vie de la maison et pourtant, depuis une semaine qu'il en avait franchi le seuil pour la première fois, il en était devenu le personnage principal. Même en son absence, c'était de lui, la plupart du temps, qu'il était question.

Le matin, par exemple, la logeuse évitait de faire du bruit parce qu'il restait tard au lit et on l'entendait recommander à Mlle Lola ou à M. Stan qui sortaient :

— Marchez sur la pointe des pieds dans le corridor. Fermez doucement la porte.

Avant de monter faire les chambres, elle se tournait vers Elie :

— Voilà ! Son couvert est mis. Dites-lui que le beurre est dans le garde-manger. Vous surveillez mon feu ?

Contrairement à Elie, le nouveau locataire était d'une propreté méticuleuse et passait beaucoup de temps à sa toilette. Comme il n'y avait pas de baignoire dans la maison, il se rendait tous les deux jours dans un établissement de bains du quartier et il avait même demandé à Elie s'il n'existait pas un hammam dans la ville.

Son père et sa mère étaient comme lui. C'étaient des gens qui appartenaient à un monde qu'Elie n'avait jamais vu que de loin. Un matin que Michel était sorti, Mme Lange, qui époussetait sa chambre, avait apporté deux photographies dans la cuisine où Elie travaillait. Chacune était encadrée d'argent massif.

— Regardez sa mère. Elle paraît presque aussi jeune que lui, et pourtant le portrait est récent, je le vois par sa robe.

Elle avait cette beauté spéciale qu'on ne voit guère qu'aux actrices, ou plus précisément, à cause de son maintien, d'une certaine fierté, elle faisait penser à une cantatrice.

Le père était beau dans son genre aussi, assez petit et sec, le visage mince, volontaire.

Le deuxième soir, déjà, Elie avait dû servir d'interprète, traduire les questions de Mme Lange.

— Demandez-lui si son père est dans le commerce.

Il répétait les phrases en polonais et Michel répondait de bonne grâce.

— Mon père est négociant en tabacs. Il voyage beaucoup. En fait, il est presque toujours en voyage, car il a des bureaux en Bulgarie, en Turquie et en Egypte.

— Sa femme l'accompagne? demandait la logeuse.

Michel répondait, avec une ombre de sourire :
— Rarement. Elle reste à la maison.

— Elle a d'autres enfants?

— Seulement une fille, âgée de quinze ans.

Tous les deux jours, Mme Zograffi écrivait une longue lettre à son fils et le premier soin de celui-ci, en se levant, encore en pyjama, les cheveux sur le front, était d'aller ouvrir la boîte aux lettres.

— Ils ont beaucoup de personnel ?

Michel répondait, gêné :

— Seulement trois domestiques, en plus du chauffeur.

Pendant ce temps-là, Louise cousait dans son coin sans lever la tête. Elle ne posait jamais de questions, n'avait pas l'air d'écouter et, quand elle apercevait le Roumain, se contentait d'un signe de tête et d'un léger mouvement des lèvres en guise de bonjour. On aurait dit qu'elle évitait de le regarder en face.

A midi, un certain malaise persistait, après plusieurs jours. Elie et les deux femmes continuaient à manger dans la cuisine tandis que Michel prenait son repas, tout seul, dans la salle à manger. Mme Lange se levait sans cesse pour aller le servir. Chaque jour, il y avait un plat spécial pour lui et il avait droit à un dessert composé de fruits secs ou de pâtisserie.

Le soir, comme avant son arrivée, tout le monde dînait dans la salle à manger. Les anciens apportaient leur boîte en fer-blanc, mangeaient leur propre repas tandis que, seul, le nouveau se voyait servir un plat chaud.

Il n'avait fait aucune remarque. Sauf quand on l'interrogeait, il évitait de parler et de regarder ses compagnons avec trop d'attention. D'ailleurs, le soir, c'était presque toujours Mlle Lola qui racontait des histoires, dans un français mélangé de russe et de turc, riait pour un oui ou un non en secouant sa gorge opulente.

Dans son genre, c'était une fille magnifique, grasse mais éclatante, toujours de bonne humeur, qui mangeait des bonbons du matin au soir. Elle se donnait comme étudiante; en réalité, elle ne fréquentait pas l'Université, où elle n'aurait pas pu

passer l'examen d'entrée, suivait les cours d'une
école commerciale privée dont elle préférait ne pas
parler.

Le repas fini, chacun regagnait sa chambre
pendant que Mme Lange faisait la vaisselle et, par
discrétion, Elie était habituellement le premier à
quitter la pièce, encore qu'il fût le seul à ne pas
avoir de feu chez lui.

Stan travaillait tard, il le savait, car il voyait
sa lumière à travers la cour. Mlle Lola devait lire,
ou ne rien faire, peut-être rester étendue sur son
lit, le regard au plafond, en rêvassant et en mangeant des sucreries.

Michel Zograffi était sorti deux fois et, la première, Mme Lange avait dû se relever pour aller
lui ouvrir la porte parce qu'il avait oublié sa clef.

Un soir, en quittant la table, il avait demandé à
Elie :

— Vous ne voulez pas venir prendre un verre
en ville avec moi ?

Il avait rougi imperceptiblement quand le Polonais lui avait répondu :

— Je ne bois jamais.

C'était d'ailleurs vrai.

— Nous pourrions boire du thé ?

— Je n'aime pas les cafés.

Il ne les connaissait pour ainsi dire pas, se contentant d'y jeter un regard furtif en passant, et
certains d'entre eux avaient une atmosphère aussi
quiète et rassurante que la cuisine de Mme Lange,
on y voyait des étudiants qui y restaient des heures
entières à bavarder devant leurs consommations et
d'autres qui, dans l'arrière-salle, jouaient paisiblement au billard.

Il préférait ne rien devoir à personne, pas même
un verre de bière ou une tasse de thé. Michel avait-il compris ? S'était-il vexé de son refus ? On ne
pouvait pas le savoir.

Ce jeudi-là, depuis le matin, Elie pensait à ce qu'il ferait une fois la logeuse partie et il y avait maintenant une heure qu'il hésitait, s'efforçant de travailler, honteux de la tentation à laquelle il avait conscience qu'il finirait par céder.

Quand il se leva pour recharger le feu et qu'il vit des flocons de neige flotter dans l'air immobile de la cour, il décida de ne plus résister et, sortant de la cuisine, s'engagea dans le corridor, ouvrit la porte d'entrée pour jeter un coup d'œil à la rue vide et froide.

Pas une fois, en une semaine, Michel n'était rentré avant cinq heures de l'après-midi et, le plus souvent, il était près de six heures quand il introduisait la clef dans la serrure.

Pour la première fois depuis que le nouveau locataire faisait partie de la maison, Elie pénétra dans la chambre grenat où la chaleur était encore plus douce et plus enveloppante que dans la cuisine, d'une autre qualité, à cause du poêle à feu continu où l'on voyait danser les flammes à travers les micas.

Il ne faisait pas encore sombre mais, à cause des rideaux qui voilaient les fenêtres, c'était déjà presque le crépuscule et les contours des objets, dans les coins de la pièce, commençaient à s'estomper.

Parce que c'était jadis le salon, les fenêtres de cette chambre étaient plus ornées que les autres, d'abord des rideaux de guipure qui recouvraient entièrement les vitres, puis de lourdes draperies en velours, froncées comme des robes de l'ancien temps, que l'on refermait pour la nuit. Sur l'appui des deux fenêtres, des jardinières en cuivre travaillé contenaient des plantes vertes.

Les deux photographies encadrées d'argent, celle du père et celle de la mère de Michel, se trouvaient sur la cheminée, debout, avec, entre elles, des boîtes de cigarettes turques. La table en chêne foncé, qui était une ancienne table de salle à manger, était encombrée de papiers et de livres, entre autres un lexique franco-roumain dont, pendant des heures, le nouvel étudiant répétait les mots à voix haute tout en se promenant de long en large.

C'est vers les tiroirs de la commode qu'Elie se dirigea sur la pointe des pieds, comme si cela avait de l'importance de ne pas faire de bruit, comme s'il n'avait pas été seul dans la maison, et ses mouvements étaient furtifs, il lui arrivait de se tourner brusquement vers les fenêtres à travers lesquelles la rue lui apparaissait noyée de brouillard.

Le premier objet qu'il découvrit fut une boîte bariolée que Michel avait reçue trois jours plus tôt et qui contenait des *rahat-loucoums*. Il n'en manquait que cinq ou six. D'abord, Elie referma la boîte sans toucher aux bonbons, saisit une des lettres empilées dans le même tiroir.

Etait-ce à cause de ces lettres qu'il était là, comme un voleur, une sensation angoissante dans la poitrine et jusque dans ses membres qui étaient pris d'un frémissement incontrôlable? Peut-être n'aurait-il pas pu le dire lui-même. Il obéissait à un besoin. Et c'était un besoin aussi de faire un geste ridicule, enfantin, d'ouvrir à nouveau la boîte, d'y prendre un *rahat-loucoum* et de le fourrer tout entier dans sa bouche.

Il savait, par Michel, que Mme Zograffi était originaire de Varsovie et qu'elle écrivait à son fils en polonais.

« *Michaël chéri, mon amour,*

« *Si ton père apprenait que je t'écris tous les deux jours, il me gronderait encore en prétendant que je m'obstine à te traiter en enfant. Il est*

*arrivé hier à Istambul. J'ai reçu un télégramme
de lui ce matin. La maison, malgré la présence
de ta sœur, qui, en ce moment, joue du Chopin
au piano, me paraît plus vide que jamais.*

« *Je me demande si je vais pouvoir m'habituer
à vivre loin de toi...* »

Elie n'avait pas besoin de lever les yeux et de
regarder la photographie sur la cheminée pour imaginer celle qui écrivait à son fils des phrases aussi
passionnées qu'elle en aurait écrites à un amant.

Il sautait des passages, anxieux, cherchant les
mots les plus vibrants et les plus intimes qui lui
faisaient monter le sang aux joues et, quand il eut
tourné les pages de la première lettre, il en prit
une autre, dut s'approcher de la fenêtre pour trouver assez de jour.

« *Mickaël de ma vie,*

« *Douze jours maintenant que tu es parti et
que...* »

Sa mère à lui ne pourrait pas lui écrire, puisqu'elle était morte deux ans plus tôt. Il n'était pas
retourné en Pologne pour l'enterrement. Le voyage
aurait coûté trop cher. Il n'en avait d'ailleurs pas
eu envie.

Les mères, dans son quartier de Vilna, n'étaient
pas du genre de celle de Michel. La sienne avait
eu quatorze enfants et, surtout pendant les dernières années, elle semblait les distinguer à peine
les uns des autres. Elle les mettait au monde, dans
la chambre à côté de l'atelier, tandis que les
garçons jouaient dehors et que les filles restaient
immobiles et pâles. Petits, ils grouillaient autour
d'elle et c'étaient les aînés qui s'occupaient des
plus jeunes. Quand ils avaient trois ans, elle les
envoyait dans la rue, se contentant de se camper

sur le seuil, les poings aux hanches, pour les appeler à l'heure des repas.

Toutes les femmes du quartier, après quelques maternités, étaient grosses, difformes, avec des seins qui leur pendaient sur le ventre et, devenues vieilles, leurs chevilles enflées les empêchaient de marcher.

Peut-être aimaient-elles leurs enfants aussi, à leur façon. Elles les nettoyaient, les couchaient, leur servaient la soupe comme si c'était leur raison d'être sur la terre et, le soir, en s'endormant, Elie entendait longtemps sa mère aller et venir dans la cuisine tandis que son père lisait le journal.

Son père non plus ne lui écrivait pas, probablement parce qu'il avait honte de son orthographe, mais les lettres de sa sœur Leach commençaient invariablement par :

« *Père me demande de te dire que...* »

Presque toutes les lettres de sa sœur, à peu près mensuelles, étaient écrites au nom du père, après quoi Leah ajoutait pour son propre compte :

« *Je me porte bien. J'ai tellement de travail avec toute la famille que je crois que je ne me marierai jamais. Veille sur toi. Ne te fatigue pas trop. N'oublie pas que tu n'as jamais été bien fort de la poitrine.* »

« *Ta sœur.* »

Ce n'était pas d'eux qu'il recevait l'argent qui lui permettait d'étudier, mais d'une organisation juive qui, lorsqu'il avait terminé ses cours secondaires, lui avait offert une bourse. Plus tard, quand il aurait ses diplômes, il devrait rendre une partie des sommes reçues.

Son professeur de mathématiques, à Vilna, prétendait qu'il était l'élève le plus doué qui lui fût jamais passé par les mains. À Bonn aussi, en Allemagne, où il avait passé un an, on l'avait considéré comme un étudiant exceptionnel et ici, il jouissait de la même réputation. S'il mettait rarement les pieds à l'Université, c'est qu'il préparait déjà sa thèse et que dans deux ans, peut-être dans un an seulement, il passerait son doctorat.

Alors, il serait professeur à son tour. Il ne retournerait pas à Vilna, pas même en Pologne. Sans doute resterait-il toute sa vie ici, où il avait en quelque sorte creusé son trou et, si cela avait été possible, il n'aurait jamais quitté la maison de Mme Lange.

« *Mon grand petit garçon que je voudrais tant serrer dans mes bras...* »

Il avait envie de tout lire et en même temps il avait honte d'être là, peur d'être surpris.

Au moment précis où cette pensée lui venait à l'esprit, il levait la tête, parce qu'il entendait des pas sur le trottoir, reconnaissait la silhouette de Michel qui se dirigeait vers la porte.

Ce fut si bref, il en fut tellement paralysé qu'il ne sut pas si le Roumain s'était tourné vers les fenêtres en passant. Il lui semblait que c'était naturel, presque machinal de le faire, mais il n'avait pas le temps de la réflexion. A son avantage était le fait qu'il faisait plus sombre dans la pièce que dans la rue. La transparence des rideaux était donc moindre dans un sens que dans l'autre, mais peut-être la tache claire de son visage était-elle néanmoins visible du dehors?

D'une main qui tremblait, il repoussa les lettres dans le tiroir, qu'il referma en s'efforçant de ne pas faire de bruit.

Michel était debout sur le seuil, invisible, à chercher la clef dans sa poche.

Elie n'avait pas le temps de regagner la cuisine; il sortit de la chambre, referma la porte derrière

lui, tendit le bras vers la porte de la rue qu'il
ouvrit au moment précis où l'autre tendait sa clef.

Michel fut visiblement surpris et Elie balbutia :
— Vous avez toqué à la boîte aux lettres?

Il n'y avait qu'une vieille femme habillée de
noir sur le trottoir opposé.
— Non.
— J'ai cru entendre...

Peut-être la surprise de Michel venait-elle de ce
qu'il voyait le Polonais si troublé? Elie n'avait
jamais été capable de cacher ses émotions. Ce qui
le trahissait surtout, c'était le sang qui lui montait au visage et empourprait ses oreilles. Il lui arrivait de se mettre à bégayer.

— Je suis tout seul dans la maison... murmura-
t-il en tournant le dos et en se dirigeant vers la
cuisine.

Il entendit l'étudiant qui pénétrait dans sa
chambre et il lui sembla qu'il n'en refermait pas
la porte. Dans la cuisine, il se rassit à sa place,
saisit un crayon, prit l'attitude de quelqu'un qui
travaille et sa main tremblait toujours, il entendait
le sang battre à ses tempes. Il n'aurait pas pu
dire combien de minutes s'écoulèrent. Il n'entendit
même pas la porte vitrée qui s'ouvrait, sursauta
quand la voix de Michel prononça, tout près de
lui :

— Je vous dérange?

Il lui lança un coup d'œil furtif. Le Roumain
ne paraissait pas fâché. C'était lui, au contraire,
qui semblait gêné. Peut-être n'avait-il pas ouvert
son tiroir, ni la boîte de *rahat-loucoums*?

— Cela vous ennuierait que je passe quelques
minutes avec vous? Je sais que vous travaillez,
mais...

Il n'était pas impossible qu'il soit revenu de
bonne heure exprès, sachant que Mme Lange sortirait l'après-midi. Un peu gauche, il allait s'as-

seoir, de l'autre côté de la table, à la place de Louise.

— Vous qui êtes depuis longtemps dans la maison...

Elie reprenait peu à peu le contrôle de lui-même et ses yeux devenaient déjà moins brillants.

— Vous me promettez de répondre franchement à mes questions?

Il fit oui de la tête.

— Depuis que je suis ici, j'ai l'impression que je gêne. C'est si désagréable que, dès le second jour, j'ai failli chercher une autre pension.

Elie n'osa pas lui demander pourquoi il ne l'avait pas fait. Il n'avait pas encore récupéré assez de sang-froid pour ça.

La lumière devenait grisâtre et il serait bientôt temps d'allumer la lampe. Le profil droit du Roumain était éclairé par la fenêtre près de laquelle il était assis et Elie découvrait qu'il ressemblait trait pour trait à sa mère, au point d'en avoir quelque chose d'un peu efféminé. N'était-ce pas plutôt quelque chose d'enfantin? Ses yeux noirs et brillants se posaient sur son interlocuteur avec une expression de sincérité candide. Il avait l'air de dire :

— Nous sommes ici tous les deux et je voudrais tant vous dire ce que j'ai sur le cœur, vous demander de m'aider! Vous avez trois ans de plus que moi. Vous connaissez la maison, les gens...

Ce n'étaient pas ces mots-là qu'il prononçait. Il disait, dans son polonais un peu chantant :

— Tout le monde est gentil avec moi, peut-être trop gentil. On me gâte comme si j'étais quelqu'un de différent. On ne se rend pas compte que cela me met mal à l'aise. A midi, par exemple, on me sert seul, dans la salle à manger, et j'ai l'impression d'être en pénitence.

— Si on vous sert seul, c'est que vous ne mangez pas la même chose que les autres.

— Mais je voudrais manger la même chose que les autres ! Et avoir ma boîte le soir, moi aussi.

— Vous avez demandé la pension complète.

— Parce que je ne le savais pas. Je croyais que c'était ainsi que cela se passait toujours. Je ne veux pas être différent, comprenez-vous ? Je n'ose pas le dire à Mme Lange, qui est si prévenante.

Élie fut méchant, soudain, sans pouvoir résister.

— Parce que vous lui rapportez plus d'argent que nous tous réunis.

Ce n'était même pas vrai. Plus exactement, c'était vrai et faux. Elle était intéressée par l'argent, sans aucun doute. En même temps, c'était un besoin chez elle de faire plaisir, de rendre les gens heureux, de s'imposer pour eux, de menus sacrifices.

— C'est vrai ? murmura Michel dont le visage s'était brouillé.

— Jusqu'ici, elle n'a eu que des locataires plus ou moins pauvres. Stan donne des leçons de gymnastique pour payer ses études. Mlle Lola, qui est la plus riche, ne pourrait pas s'offrir la pension complète. Pour les gens comme vous, il existe d'autres pensions.

— Je suis heureux ici. J'aime ma chambre, l'atmosphère de la maison. Je n'ai pas envie de changer.

S'il avait découvert l'indiscrétion commise par Élie, aurait-il parlé avec autant de sincérité ?

— Je suis venu vous trouver pour vous demander un conseil. Est-ce que Mme Lange serait fâchée si je ne prenais plus de repas spéciaux et si je faisais comme les autres ?

— Elle serait déçue.

— A cause de l'argent ?

— Oui. Et aussi, peut-être, parce qu'elle est fière d'avoir enfin un vrai pensionnaire. Je l'ai entendue qui en parlait à une voisine.
— Qu'est-ce qu'elle disait?
— Que vous étiez très riche et que votre mère est sans doute une ancienne actrice.
— Elle n'a jamais fait de théâtre. Donc, vous ne me conseillez pas de...
— Non. Vous ne devez rien changer.
— Je ne peux même pas déjeuner dans la cuisine avec vous trois?

Cela aurait été facile de tout arranger, mais Elie ne voulait pas que les choses s'arrangent, il tenait, au contraire, à ce que le Roumain reste un étranger dans la maison.

— Vous pouvez en parler. A votre place, je ne le ferais pas.

Pour la première fois, Elie découvrait qu'il était jaloux. Il n'aurait pas pu dire de quoi. Il n'était pas fier de ce sentiment-là, mais c'était plus fort que lui. Il ajoutait :

— Mme Lange et sa fille ont besoin de l'argent que vous leur donnez. Elles sont très susceptibles. Si elles ont l'impression...

Il était surpris de voir son interlocuteur si affecté. Cela paraissait être une grande désillusion, pour Michel, de ne pouvoir participer plus étroitement à la vie des autres.

Sa question dérouta Elie :
— Vous ne m'aimez pas, n'est-ce pas?

Et, comme celui-ci ne trouvait rien à répondre tout de suite :

— Je sens que vous ne désirez pas devenir mon ami.

Il faisait presque noir et le trou ovale du poêle brillait plus intensément.

— L'autre jour, je l'ai compris quand vous avez refusé de venir en ville avec moi.

— Je ne vais jamais en ville, sauf pour aller travailler chez mon professeur.
— Pourquoi?
— Parce que je suis pauvre.
C'était son tour de parler, d'une voix qui frémissait malgré lui.
— Et aussi parce que je préfère rester seul, ici, dans mon coin. Je n'ai besoin de personne.
Cela l'irritait que l'autre l'observât curieusement, comme s'il ne le croyait pas.
— Je n'ai jamais eu besoin de personne, pas même de mes parents.
C'était à cause des lettres qu'il disait cela avec une sorte de méchanceté.
Cela ne sert à rien d'avoir des illusions pour découvrir un jour que, quoi qu'il s'imagine, l'homme est seul dans la vie.
— Vous êtes malheureux?
— Non.
— Vous n'aimez pas vos semblables?
— Pas plus qu'ils m'aiment.
— Vous n'avez jamais aimé personne?
— Personne.
— Aucune femme?
C'est à peine s'il y eut un soupçon d'hésitation.
— Non.
L'image de Louise venait de se présenter à son esprit, mais, en toute sincérité, il n'avait pas l'impression qu'il aimait Louise. Près d'elle, il se sentait bien, sans cependant éprouver le besoin de lui parler. C'était sa présence qui avait quelque chose de doux, d'apaisant. Elle faisait partie de la maison. Aux yeux d'Elie, elle personnifiait la maison et ils auraient pu y vivre tous les deux, y passer leur existence entière, à l'abri du tumulte du dehors.
A Vilna, il n'avait jamais eu cette sensation de paix et de sécurité. Le grouillement des gens,

dans son quartier, dans son milieu, avait un caractère âpre et violent, à chaque pas on sentait la lutte pour la vie, les enfants, dans les rues, avaient déjà des regards de vieux et, à cinq ans, les petites filles ne jouaient plus à la poupée. L'hiver, les longs hivers qui duraient six mois et plus, on en voyait qui pataugeaient pieds nus dans la neige et, chez lui, c'étaient pour des questions de bottes qu'il se battait avec ses frères.

De loin, cela lui apparaissait comme une fermentation implacable, les gens étaient pareils à des insectes obligés de se dévorer les uns les autres pour survivre.

C'est à cause des mois de neige et de blizzard qu'il était si frileux et passait des heures les pieds dans le poêle de la cuisine.

C'est à cause de cette fermentation-là qu'il s'enfermait dans la maison de Mme Lange comme s'il avait enfin trouvé un abri.

Louise avait la peau blanche et douce, le regard paisible, résigné. Elle allait et venait sans bruit et c'est à peine si elle paraissait se rendre compte de la vie qui coulait autour d'elle.

Un jour qu'il avait la fièvre, elle lui avait posé la main sur le front et il ne se souvenait pas avoir connu pareil apaisement.

Cela ressemblait peut-être à un rêve d'enfant : quand il serait professeur il se voyait continuant à vivre dans la même maison, avec Louise qui prendrait soin de lui. Il n'y pensait pas comme à sa femme, seulement comme à une compagne. Il pourrait continuer à travailler à la même place, près des casseroles dont le couvercle frémissait, avec les cendres rouges qui tombaient de temps en temps de la grille du poêle.

Stan Malevitz, Mlle Lola ne lui avaient jamais porté ombrage. Ils étaient un peu comme des meubles de la maison, où, soudain, Michel avait pé-

nétré en ennemi. Elie avaient envie de lui faire mal.
Par moments, il aurait voulu le forcer à partir et,
à d'autres, il lui semblait qu'il lui était devenu
nécessaire aussi.

— Quelle existence voudriez-vous vivre? lui demandait le Roumain, rêveur.

Il lui répondit avec orgueil :

— La mienne.

— Moi, je ne sais pas. J'aimerais faire quelque
chose par moi-même, ne pas dépendre de mon
père. C'est curieux que vous ne vouliez pas être
mon ami.

— Je n'ai pas dit que je ne voulais pas.

— Mettons que vous ne pouvez pas.

Elie fut sur le point de se lever pour tourner
le commutateur, car ils se voyaient à peine, et,
s'il l'avait fait, leur avenir à tous les deux aurait
sans doute été différent.

C'était la pénombre qui donnait aux mots une
autre sonorité, une sorte de sens caché; c'était la
pénombre aussi qui rendait le visage mat de Michel aussi émouvant que celui d'une peinture
ancienne, la pénombre enfin qui lui donnait le courage, après un long silence pendant lequel il luttait avec lui-même, de balbutier en détournant
la tête :

— Vous étiez dans ma chambre? n'est-ce pas?

— Vous m'avez vu?

Sans le savoir, Elie prenait un ton agressif.

— Je n'étais pas sûr. J'ai cru voir quelqu'un
qui bougeait derrière les rideaux. En cherchant
ma clef, je regardais par la serrure et il n'y avait
personne dans le corridor.

Elie le fixait sans rien dire et c'était le Roumain, embarrassé, qui hésitait, cherchait ses mots :

— Qu'est-ce que vous faisiez?

On aurait dit qu'il avait peur de la réponse.

— Je vous ai volé un *rahat-loucoum*, lançait

Élie en se levant, incapable de rester plus longtemps assis.

Il n'alluma pas encore.

— Ce n'est pas tout.

L'autre s'attendait à ce qu'il lui avoue qu'il avait cherché de l'argent. Cette idée-là le faisait bouillir à l'intérieur et, la voix toujours vibrante, il continua :

— J'ai lu les lettres. Les lettres de votre mère ! C'est pour les lire que je me suis introduit dans votre chambre comme un cambrioleur. Si j'ai pris un *rahat-loucoum,* c'est par défi. J'ai lu les lettres. Voulez-vous que je vous les récite?

Presque tout bas, le regard rivé à la silhouette qui s'agitait dans la demi-obscurité, Michel souffla, effrayé :

— Non.

Il ne s'était pas attendu à cette explosion-là, ni à tout ce qu'il sentait de caché dans la voix, dans les mots du Polonais.

— C'est cela que je vous ai volé. Car je vous ai volé quelque chose. Vous ne comprenez pas. Cela ne fait rien. Tout de suite après, vous êtes venu m'offrir d'être mon ami. Vous saviez. Pas les lettres. Vous vous figuriez que j'étais entré chez vous pour vous voler de l'argent. Parce que je suis pauvre et qu'il m'arrive d'avoir faim. Parce que je porte encore les vieux vêtements que j'ai apportés de Vilna. Alors, vous m'avez tendu la main. Vous avez eu pitié.

Michel ne bougeait pas, les yeux écarquillés, les doigts crispés sur la table.

— Je n'ai pas besoin d'argent et j'ai encore moins besoin de pitié. Je n'ai besoin de personne, ni de vous, ni de Mme Lange, ni de...

Il avait failli, comme, quand on perd contrôle de soi-même, on lâche un blasphème pour se soulager, prononcer le nom de Louise.

Il n'avait pas besoin de Louise non plus. Il n'avait jamais eu besoin de femme.

— Vous me demandiez conseil, d'une voix doucereuse, et vous saviez ! Je suis sûr qu'en rentrant vous êtes allé ouvrir vos tiroirs et que...
— Je n'ai pas ouvert mes tiroirs.
— J'ai lu les lettres.
— Elles ne contiennent rien de secret.
— Je vous ai volé.

D'un geste sec, par besoin de sortir de cette sorte de tunnel où il se débattait, il tourna le commutateur électrique et leurs paupières battirent dans la lumière crue, ils se regardèrent, aussi honteux l'un que l'autre, détournèrent la tête comme d'un commun accord.

Il n'y avait pas que la pénombre à avoir soudain disparu. Il y avait une certaine exaltation qui venait de fondre d'une seconde à l'autre et qui les laissait vides, sans plus rien à se dire, sans gestes à faire, au point que, pendant un temps, ils gardèrent l'immobilité.

Lorsque Élie bougea, ce fut pour retirer le couvercle du poêle et verser du charbon sur le feu. Puis il se pencha pour tisonner, regarda l'heure à l'horloge dont le balancier de cuivre battait le pouls de la maison.

Michel n'avait pas quitté sa place, n'avait eu aucun mouvement et ce fut pourtant lui qui parla le premier.

— Je voudrais être votre ami, prononça-t-il en donnant sa valeur à chaque syllabe.
— Malgré ce que je vous ai avoué ?
— Surtout après ce que vous avez avoué.
— Je préférerais n'avoir rien dit.
— Moi pas. Je vous connais mieux. Peut-être qu'un jour je vous connaîtrai tout à fait.
— Qu'est-ce que vous attendez de moi ?
— Rien. Que vous m'aidiez à m'habituer.

Elie faillit demander :
— A quoi?
Mais il connaissait la réponse. Michel avait besoin de s'habituer à la maison, certes. Il avait surtout besoin de s'habituer à la vie. Une des lettres contenait une phrase révélatrice :

« ... *si ton père apprenait que je t'écris tous les deux jours... en prétendant que je m'obstine à te traiter en enfant...* »

Deux grands yeux sombres, doux et anxieux comme ceux d'un chien qui cherche un maître, étaient fixés sur lui, et peut-être qu'à ce moment-là ce fut son tour d'avoir pitié. Ou bien ne fut-il inspiré que par son orgueil d'être le plus fort?
— On peut essayer, murmura-t-il en détournant la tête.
Alors, afin de dissiper tout à fait leur gêne, le Roumain lança une plaisanterie, comme un gamin.
— Qui sait? Peut-être qu'un jour j'aurai ma boîte de fer blanc aussi?
Des voix, sur le seuil, achevèrent de recréer autour d'eux l'atmosphère de tous les jours. On reconnaissait le timbre aigu de Mlle Lola.
— Passez, mademoiselle, lui disait Mme Lange.
La Caucasienne tourna le bouton électrique et la lanterne qui pendait au-dessus de l'escalier l'éclaira. Elle avait des vitraux de couleur, rouges, jaunes et verts, qui faisaient penser à une église.
Mme Lange, comme chaque fois qu'elle revenait de la ville, était chargée de paquets qu'elle laissa tomber sur la table de la cuisine avec un soupir de soulagement.
— Déjà rentré, monsieur Michel? s'étonna-t-elle, oubliant que celui-ci ne la comprenait pas?

Elle les regarda tour à tour. Rien, en apparence, ne révélait ce qui s'était passé et pourtant elle fronça les sourcils, observa Elie avec plus d'attention.

— Vous avez une drôle de tête, lui dit-elle. Vous ne vous êtes pas disputés, au moins.

— Non.

— Il n'est venu personne?

— Personne.

Elle s'assura qu'il y avait du charbon sur le feu et, avant de retirer son manteau et son chapeau, mit une casserole d'eau à bouillir.

— Maintenant, allez-vous-en tous les deux, que je prépare mon dîner.

Mlle Lola était montée. Elie murmura en polonais :

— Il vaut mieux que nous quittions la pièce.

Au pied de l'escalier, ils se séparèrent sans rien se dire d'autre, Michel pour regagner la chambre grenat où régnait une douce chaleur et où il y avait des lettres et des friandises dans les tiroirs, Elie pour monter dans la chambre verte où il endossa son pardessus et mit sa casquette sur sa tête afin de ne pas avoir froid.

CHAPITRE III

LE COUPLE DE L'ENCOIGNURE

Un matin, le facteur, au lieu de mettre les lettres dans la boîte où, de la cuisine, on les entendait tomber, sonna, ce qui ne lui arrivait que quand il y avait une recommandée ou un colis.

Il était huit heures vingt. Louise, qui commençait son travail à huit heures et demie, était partie depuis quelques minutes, serrée dans son manteau de drap sombre au col et aux parements de petit-gris, une toque de petit-gris sur la tête. Sous prétexte qu'il soufflait un vent de glace, Mlle Lola avait décidé de ne pas aller à son cours, ce qui n'était pas rare et ne devait guère avoir d'importance. Elle était descendue en peignoir rose, l'air d'une énorme poupée et, à chacun de ses mouvements, on découvrait un peu plus de sa poitrine, qui avait une curieuse consistance.

Mme Lange lui avait adressé des signes pendant qu'elle mangeait : la Caucasienne ne comprenait jamais ces signes-là, ou feignait de ne pas les comprendre.

— Mademoiselle Lola ! avait-elle fini par dire à voix basse. Faites attention. On voit tout.
— On voit quoi ?
— Vous.
Cela suffisait à faire éclater son rire de gorge.
— C'est mal ?
— Il y a des messieurs.
Stan Malevitz ne paraissait pas entendre, mangeait en silence, comme d'habitude, le regard sur un livre ouvert à côté de son assiette.
— Cela les gêne ? questionna la grosse fille.
— A votre place, c'est moi que cela gênerait.
— Sur les plages de la mer Noire, garçons et filles se baignent nus et personne n'y trouve à redire.
— C'est dégoûtant.
Mlle Lola s'était fâchée, de but en blanc, ce qui lui arrivait de temps en temps. Elle s'était levée et avait lancé en se dirigeant vers la porte :
— Ce sont vos pensées qui sont dégoûtantes !
Au moment du coup de sonnette, elle venait de regagner sa chambre. Michel n'était pas encore sorti de la sienne où on n'avait pas entendu de bruit, ce qui indiquait qu'il dormait toujours. Elie, debout devant le poêle, préparait son thé en surveillant la cuisson de son œuf et, à cette heure-là, l'odeur du pétrole dont Mme Lange se servait pour allumer le feu traînait encore dans l'air.
— J'y vais, annonça la logeuse comme Elie faisait un mouvement vers la porte.
Il était le seul locataire à répondre aux coups de sonnette, à recharger le poêle, à savoir dans quel coin du buffet se trouvaient les pièces de monnaie à donner aux mendiants. C'était presque toujours lui qui ouvrait au marchand de lait, lui tendait le poêlon d'émail blanc en disant :
— Deux litres.
A travers la porte vitrée, il vit Mme Lange qui

prenait un paquet des mains du facteur, signait son livre. Le facteur parti, elle resta un moment à la même place, à regarder l'adresse avec surprise, et elle revint vers la cuisine sans frapper chez le Roumain.

Stan se leva, s'arrêta sur le seuil où, joignant les talons, il fit une révérence. Sans doute était-ce par discrétion, parce que Mme Lange s'apprêtait à ouvrir son paquet, qu'il se retirait, car sa politesse comportait des raffinements compliqués.

Il ne parlait jamais ni de lui ni des siens. Il avait seulement laissé entendre que son père était professeur dans un lycée de Varsovie et, par recoupements, Elie avait découvert qu'il n'était en réalité que surveillant, peut-être concierge.

Stan était blond, habillé avec une netteté exagérée, sans un faux pli à ses vêtements, et il mettait chaque soir son pantalon sous son matelas pour le repasser. Il se comportait et marchait comme un officier. Aux murs de sa chambre, étaient accrochés des fleurets et un masque d'escrime.

— Vous pouvez rester, monsieur Stan. Vous savez bien qu'il n'y a rien de secret ici.

— Mon cours m'attend, madame Lange.

Les premiers temps, chaque matin, la logeuse fut-elle occupée à cirer les chaussures, il se pliait en deux pour lui baiser la main.

— Ce n'est pas l'endroit, pour faire ça, voyons, monsieur Stan ! Dites-moi donc bonjour comme tout le monde.

Il ne parlait jamais d'argent non plus. On ignorait combien il recevait par mois, car il faisait venir son courrier et ses mandats à la poste restante et, dans sa chambre, il n'y avait aucune photographie, sinon celle d'un groupe d'élèves de lycée, la casquette de velours vert sur la tête, quand il y faisait sa dernière année.

Lorsqu'elle était intriguée ou émue, Mme Lange

riait, par une sorte de pudeur, et, en défaisant le paquet, elle murmurait :

— Je me demande ce qu'on peut bien m'envoyer de Roumanie. A moins que ce soit des *rahat-loucoums* comme M. Michel en reçoit chaque semaine !

Elle poussa un cri de surprise.

— Regardez, monsieur Elie ! Mon Dieu ! Comme c'est beau !

Sans transition, déployant une blouse de fine toile, aux broderies multicolores comme les femmes en portent dans les Balkans, elle éclata de rire nerveusement.

— Vous me voyez allant faire mon marché avec ça ?

Elle était ravie et déçue tout ensemble.

— C'est tellement trop beau pour moi !

Elie regardait, sans prononcer une parole, portait son thé et son œuf sur la table devant laquelle il s'installait.

— Il y a aussi une lettre. C'est sûrement M. Michel qui m'a fait envoyer ça. Elle la lut, la tendit à son locataire.

— Lisez ! C'est en français. Pour qu'elle m'écrive ainsi, je me demande ce qu'il a bien pu lui dire de moi.

L'écriture était d'une femme cultivée.

« *Chère Madame,*

« *Permettez-moi de vous dire combien je suis heureuse et rassurée que mon fils ait trouvé une maison comme la vôtre. Dans chacune de ses lettres, il me parle de vous et des soins dont vous voulez bien l'entourer. Je vous avoue que j'étais inquiète et tourmentée quand son père a décidé de l'envoyer à l'étranger. Je le suis moins à présent que je le sais entre vos mains.*

« *Par certains côtés, Michel est encore un en-*

fant vous avez dû vous en rendre compte. Aussi, ne craignez pas de le gronder au besoin.

« Je vous joins une babiole de mon pays. Mon français, avec les années, est devenu si mauvais que j'ai demandé à une amie d'écrire ces quelques mots pour moi.

« Je vous prie de recevoir mes meilleures pensées et de croire, chère Madame, à mes sentiments reconnaissants. »

« *Votre,* »

La signature était d'une écriture et d'une encre différentes.

— Vous ne trouvez pas que c'est délicat de sa part ? Je ne pourrais jamais porter cette blouse, Louise non plus, mais cela me fait plus plaisir que si c'était un objet utile.

Elle regarda Elie, qui, l'air renfrogné, lui rendait la lettre.

— Vous êtes toujours jaloux ?
— Je ne suis jaloux de personne.
— Alors, c'est que vous n'aimez personne. Je ne vous crois pas. J'entends M. Michel qui se lève. Il faut que j'aille lui montrer le cadeau de sa mère. Aujourd'hui, c'est mon tour d'avoir une lettre et un colis. Cela n'arrive pas souvent.

Dans le corridor, elle appelait déjà :
— Monsieur Michel ! Monsieur Michel ! On peut entrer !

Elle avait emporté la blouse avec elle.

Pour éviter de le rencontrer, Elie avala son déjeuner en quelques instants et monta dans sa chambre. Depuis l'incident du *rahat-loucoum* et des lettres, le jour où était tombée la première neige, la vie de la maison était restée la même, les relations entre Elie et le Roumain n'avaient pas changé en apparence. Il est vrai qu'il leur était

rarement arrivé de se trouver seuls dans une pièce.
 Elie continuait à traduire les questions de
Mme Lange et les réponses de Michel. Un midi
qu'il y avait du soleil, la logeuse l'avait appelé
alors qu'il était dans sa chambre.
— Monsieur Elie ! Vous ne voulez pas descendre
un instant ?
 Michel, au milieu de la rue, mettait au point son
appareil photographique braqué sur la maison.
— Il veut me photographier sur le seuil, mais je
tiens à ce qu'il soit avec moi. C'est pour sa mère,
comprenez-vous, pour qu'elle sache quel genre de
maison il habite.
 Elle portait un tablier propre et était allée se
recoiffer. Elie n'avait eu qu'à pousser le déclic et
c'était cette photo-là que Michel avait envoyée en
Roumanie.
— Prenez-en donc une de M. Elie aussi, avait
suggéré la logeuse.
 Il avait laissé tomber sèchement :
— Je ne me fais jamais photographier.
 Michel l'avait regardé sans surprise, comme s'il
comprenait et ne lui en voulait pas, avec seulement un peu de tristesse dans les yeux. Souvent
Elie sentait peser sur lui un regard qui voulait
dire :
— Alors ? pas encore amis ?
 Le Roumain semblait sûr de lui, sûr qu'un jour
il parviendrait enfin à amadouer l'étudiant de
Vilna. Habitué à être aimé, cela sans doute le
surprenait-il que quelqu'un, sans raison, s'obstine
à lui rester hostile.
 Patient, il évitait de marquer le coup quand Elie
lui témoignait de la froideur; des deux, c'était Elie
qui se troublait le premier et, faute de trouver une
contenance, se réfugiait dans sa chambre.
 Il n'était plus possible d'y travailler. Aujour-
d'hui, par exemple, à cause de la bise, il y faisait

aussi froid que sur le trottoir et Elie, tout habillé, dut se glisser dans son lit en attendant que l'autre parte pour l'Université.

Il avait à peine entendu la porte de la rue se refermer et des pas qui s'éloignaient sur le trottoir qu'il prenait ses livres et descendait, l'air agressif comme chaque fois qu'il était mécontent des autres ou de lui.

Dans la cuisine, Mme Lange l'accueillit par :
— Vous croyez que cela a du bon sens d'aller bouder là-haut dans le froid ? Vous êtes bleu. Réchauffez-vous vite !

Il étendit les mains au-dessus du poêle, fut secoué d'un frisson inattendu.

— Vous voyez ! Un jour, à cause de votre obstination, ce n'est pas un rhume que vous attraperez, mais une pneumonie. Vous serez bien avancé ! Je vous ai déjà dit que M. Michel ne serait que trop content de vous laisser travailler dans sa chambre quand il n'y est pas et je ne comprends pas que vous m'empêchiez de lui en parler.

— Je n'accepte de faveurs de personne.

N'eut-elle pas envie de lui répondre :
— Vous en acceptez bien de moi.

Car il descendait travailler dans la cuisine pour profiter du feu. Il est vrai qu'il lui rendait service à son tour en rechargeant le poêle, en surveillant la soupe et en répondant aux coups de sonnette quand Mme Lange était en haut.

— Ce n'est pas la peine de nous disputer encore une fois. Il faut que je vous parle d'un sujet qui me tracasse. Je ne voulais rien en dire, mais, depuis que j'ai reçu cette lettre de sa mère, qui me montre tant de confiance, je ne sais plus ce que je dois faire. J'y pense depuis ce matin. J'ai été sur le point de lui faire de la morale pendant qu'il déjeunait, mais je n'ai pas osé.

« C'est difficile pour une femme. Avec vous,

c'est différent. Savez-vous ce qui se passe, monsieur Elie? Je l'ai découvert voilà trois jours, en prenant les poussières dans la chambre.

« M. Michel fréquente de mauvaises femmes ! Vous allez voir par vous-même... » Et, sans attendre sa réaction, elle se précipita dans la chambre grenat d'où elle revint avec des photographies à la main. Celles-ci n'étaient pas encadrées. Elles avaient été prises avec le même appareil que les photos de la maison.

— Je n'aurais jamais pensé que quelqu'un puisse se laisser photographier comme ça !

Il y en avait six en tout, quatre d'une femme et deux d'une autre. Les femmes étaient nues, tantôt sur un lit, tantôt debout près d'une fenêtre.

Elles avaient été prises dans deux chambres différentes, des chambres meublées du genre le plus banal qu'on devait louer à l'heure, car on n'y voyait aucun objet personnel.

Faute d'un bon éclairage, les épreuves manquaient de netteté.

Une des femmes, la plus jeune, la plus jolie, se montrait gauche, gênée de sa nudité, tandis que l'autre, qui avait d'aussi gros seins que Mlle Lola, avait choisi des poses d'un cynisme crapuleux.

— Vous auriez pensé ça de lui, vous? Je me demande comment il s'y est pris pour rencontrer des filles pareilles alors qu'il est à peine débarqué et qu'il ne connaît pas plus de vingt mots de français. Ce que je crains le plus, c'est qu'il revienne un de ces jours avec une mauvaise maladie.

Ces mots-là dans sa bouche avaient quelque chose d'aussi cru, d'aussi gênant que le triangle noir des deux femmes sur les photos.

— Mon devoir est peut-être d'écrire à sa mère, qui se montre si gentille et si confiante à mon égard, mais j'ai peur de l'inquiéter.

— Vous ne devez pas, dit-il à regret.

— Vous pensez que je ferai mieux de lui parler à lui ? Je suis sûre qu'il n'a pas la moindre idée de ce qu'il risque. Vous ne voulez pas le faire, vous ?
— Cela ne me regarde pas.
— Il est plus jeune que vous.
— De deux ans.
— Moralement, il est beaucoup plus jeune. On sent qu'il n'a aucune expérience de la vie. Ces femmes-là n'en veulent qu'à son argent. Elles vont lui ruiner la santé. Depuis qu'il m'a dit avoir rencontré des amis roumains, je suis inquiète, parce que, si c'étaient des jeunes gens comme il faut, il n'y aurait pas de raison qu'il ne les amène pas ici.

Elle se tourmentait réellement.

— Pensez-y, monsieur Elie. Faites ça pour moi. Vous, je suis certaine qu'il vous écouterait. Il a de la considération pour vous... Il faut que je monte faire les chambres. Vous prendrez deux litres de lait comme d'habitude, voulez-vous ?

Elle avait oublié les photos sur la table et, quand elle revint sur ses pas pour les prendre et les remettre à leur place, Elie, qui les regardait, recula vivement. S'en était-elle aperçue ? En les voyant, tout à l'heure, il avait senti le sang lui monter aux joues et, quand la logeuse avait parlé de mauvaises maladies, il avait détourné la tête pour qu'elle ne remarque pas sa confusion.

Il avait eu une de ces maladies-là, ici même, deux ans auparavant, et il avait eu assez de mal à se soigner sans que Mme Lange s'en aperçoive. Or, la fille qui la lui avait donnée ressemblait tellement à la photographie aux gros seins qu'il se demandait si ce n'était pas la même. Cela n'avait rien d'impossible. Toutes les deux prenaient des poses d'un érotisme outré, maladroit.

A Vilna, dans un quartier où les garçons et les filles commençaient de bonne heure leur vie sexuelle, il n'avait jamais eu de contacts avec une

femme. A Bonn non plus, l'idée ne lui en était
pas venue.

C'était à Liège que cela lui était arrivé pour la
première et la seule fois de sa vie, parce qu'il
avait découvert par hasard, un soir qu'il s'était
trompé de chemin, une rue où chaque fenêtre en-
cadrait une femme plus ou moins dévêtue qui adressait des signes aux passants. Il y en avait sur
les seuils aussi, qui s'avançaient au-devant des
hommes et s'accrochaient à leurs bras en prononçant des mots orduriers.

Il avait eu peur, d'abord, et il était passé très
vite en évitant de les regarder, se dégageant brutalement chaque fois qu'on lui saisissait le bras.
Arrivé dans une rue plus paisible, il s'était arrêté
pour reprendre son souffle, surpris de sentir son
cœur battre à grands coups dans sa poitrine.

Une fois, quand il avait huit ou neuf ans, à
Vilna, et qu'un soir ses parents l'avaient envoyé
faire une course assez loin de la maison, il avait
entendu derrière lui des pas précipités sur la neige
durcie. Il n'avait pas osé se retourner, persuadé
que c'était lui qu'on poursuivait, probablement
pour le tuer, et il s'était mis à courir tandis que,
dans son dos, la cadence des pas s'accélérait aussi.

Il avait couru pendant cinq minutes au moins
avant d'atteindre un carrefour éclairé où il s'était
arrêté, l'haleine courte et chaude, près d'un cocher
assoupi sur le siège de son traîneau.

Son cœur battait de la même manière qu'il devait battre plus tard, à Liège, dans la rue aux
femmes. Personne ne l'avait rejoint. Il n'avait plus
entendu les pas qui s'étaient sans doute éloignés
dans une autre direction.

Ce soir-là il s'était imposé de repasser par le
même chemin et, rentré chez lui, il n'avait pas
soufflé mot de son aventure.

Ici, il avait contourné le pâté de maisons et,

dominant l'angoisse qui faisait trembler ses genoux, il avait parcouru la rue à nouveau, plus lentement, lançant parfois un regard furtif aux fenêtres éclairées. Il se souvenait encore, après deux ans, de la ritournelle d'un piano mécanique dans une de ces maisons aux portes ouvertes, d'une femme horrible qui avait tenté de s'emparer de son chapeau et qu'il avait repoussée avec colère.

Une fois de plus, il avait atteint le coin de la rue et avait fait le tour à nouveau pour la reprendre par le même bout.

Il venait de décider que cela se passerait ce soir-là et il attendait que le calme lui revînt; il fut capable, cette fois, de regarder les visages, les silhouettes; il remarqua, à l'une des fenêtres, une fille qui cousait, penchée sur son ouvrage et qui, quand elle leva la tête à son passage, lui adressa un sourire rassurant.

Elle était brune, plus jeune que les autres. Elle ne devait guère avoir plus de vingt ans et son visage avait la même expression douce et résignée que la fille de Mme Lange quand elle cousait avec l'air de ne pas entendre ce qu'on disait autour d'elle.

Il n'osa pas revenir en arrière. Il décida de faire le tour une dernière fois et de s'arrêter à un prochain passage. D'autres hommes parcouraient la rue et, quand il revint quelques minutes plus tard, le store était baissé, la porte refermée.

Il ne fit ensuite qu'une vingtaine de mètres. Une femme grasse et blonde, adossée au chambranle de sa porte et occupée à tricoter de la laine claire, lui adressa la parole d'une voix rauque. Il entra sans la regarder et elle referma la porte derrière lui, baissa le store, retira la courtepointe qui couvrait le lit.

Quand elle rouvrit la porte et, dans l'obscurité du trottoir, lui dit bonsoir, elle ajouta :

— Il ne faut pas te frapper. Cela arrive.

Trois jours plus tard, il constatait qu'il était malade. Pour ne pas payer le médecin, pour éviter d'en parler à quelque étudiant qui aurait pu l'aider, il avait consulté des ouvrages à la bibliothèque de l'Université et s'était soigné seul.

Maintenant encore, il n'était pas sûr d'être tout à fait guéri. Il n'avait plus eu de contacts avec une femme. Il n'en avait pas eu envie.

La soupe commença à frémir dans la casserole. Les premières cendres rouges tombèrent de la grille. On entendait le vent souffler dans la cheminée et Mme Lange descendit à la cave chercher un seau de charbon pour Mlle Lola.

Ce fut une journée grise. Le lendemain, le verglas couvrit les rues comme un vernis noir et Stan mit des caoutchoucs, on vit une vieille femme tomber au coin de la rue et deux hommes l'aider à se relever.

Il n'avait pas parlé à Michel, comme Mme Lange le lui avait demandé. Quand le Roumain, ce soir-là, s'apprêta à sortir, elle regarda Elie comme pour lui dire :

— Allez-y ! c'est le moment.

Il resta immobile, le visage fermé.

— Vous ne devriez pas sortir par un temps pareil, monsieur Michel, il gèle à pierre fendre.

— Je vais juste prendre un verre avec mes amis et je reviens.

Il avait apporté de son pays un manteau à col d'astrakan qui, dans une ville où seuls quelques vieillards en portaient, lui donnait une silhouette étrange. Par contraste, il paraissait encore plus jeune. Le froid rendait sa peau plus mate, mettait des roseurs à ses joues.

— Toutes les femmes seraient si heureuses d'avoir des cils comme les siens ! remarqua Mme Lange alors qu'il venait de refermer la porte.

Elie passa la soirée en bas, seul avec les deux femmes. Louise avait étalé du tissu sur la table, l'avait recouvert d'un patron en papier brun et, de longs ciseaux à la main, des épingles entre les lèvres, elle coupait avec attention.

Un peu à l'écart, Mme Lange avait posé un seau par terre entre ses jambes, et elle épluchait des pommes de terre qui tombaient une à une dans l'eau fraîche tandis que les épluchures s'amassaient dans son tablier.

Elie ne parlait pas. C'était rare qu'il leur fasse la conversation. Il était plongé dans un de ses cours et parfois, il remuait les lèvres, parfois les regardait l'une après l'autre avec l'air de ne pas les voir.

— Il paraît que nous allons avoir un hiver aussi froid que celui de 1916.

Mme Lange parlait, elle, mais sans avoir besoin qu'on lui réponde. Elle prononçait de temps en temps une phrase, qu'elle laissait parfois inachevée, et cela lui suffisait.

— C'est cet hiver-là que nous avons le plus souffert du ravitaillement. Je me souviens avoir fait vingt kilomètres à pied pour aller chercher des pommes de terre dans une ferme et il fallait se cacher chaque fois qu'on apercevait une patrouille. C'est l'hiver, aussi, où mon mari a été tué dans les Flandres.

M. Lange était sous-officier de carrière. Il y avait, deux pâtés de maisons plus loin, une caserne où, de son vivant, il passait ses journées à faire faire l'exercice aux recrues. Sa photographie était au mur, en uniforme, la décoration qu'il avait gagnée fixée au cadre doré.

Sans Michel, la vie aurait été pareille chaque soir et Elie aurait continué à être heureux. Mme Lange ne le comprenait pas, se figurait qu'il était jaloux du Roumain.

Les photographies, auxquelles elle attachait tant d'importance, n'étaient qu'un signe parmi les autres qu'elle était incapable de discerner. Il savait, lui, il avait su, dès le premier moment, qu'un élément étranger s'était introduit dans la maison et qu'il ne pouvait rien en sortir de bon.

— Tu es sûre que tu as coupé les emmanchures assez larges?

— Oui, maman.

— Tu m'as dit la même chose la dernière fois et tu as dû, ensuite, démonter la robe.

Même de petites phrases comme celles-là donnaient à Elie un sentiment de sécurité qu'il n'avait pas connu ailleurs. Contrairement à ce que Mme Lange s'imaginait, il ne nourrissait aucune envie à l'égard de Michel. Il ne souffrait pas non plus d'être pauvre. Cela ne le tentait pas d'aller rencontrer des camarades dans un café et de parler pour ne rien dire. Cela ne l'intéressait pas non plus de photographier des filles nues dans leur chambre.

Quelques semaines plus tôt encore, il ne désirait rien que de continuer à vivre comme il le faisait et, alors, cela paraissait facile.

— Votre thèse avance, monsieur Elie?

— Oui, madame. Pas vite, parce que j'en suis arrivé au passage le plus difficile. Demain, il faudra que j'aille travailler à la bibliothèque.

Cela lui arrivait, par périodes, de travailler à la bibliothèque de l'Université où il trouvait les références qui lui manquaient ici. C'était une atmosphère qu'il aimait bien aussi, avec les abat-jour verts qui projetaient des cercles de lumière sur les tables et sur les têtes penchées.

— Je me demande si M. Michel va encore rentrer tard.

— Ne t'occupe donc pas tant de lui, maman, dit Louise d'une voix qui choqua Elie.

— Sa mère est la première à me demander de le surveiller.

— Il a vingt-deux ans.

— Ce n'est quand même qu'un enfant.

— Depuis quelques temps, on dirait qu'il n'existe que lui au monde.

Etait-elle jalouse, elle aussi? Elle avait parlé plus nerveusement que d'habitude et Elie ne savait pas encore s'il devait s'en réjouir ou s'en inquiéter.

— Tu comprendras plus tard, soupirait sa mère.

Ce fut tout sur ce sujet-là, car Mme Lange en avait fini avec ses pommes de terre qu'elle alla laver sous le robinet avant de les verser dans la marmite à soupe.

Pendant une dizaine de minutes, Louise et Elie restèrent seuls dans la salle à manger où, maintenant, la jeune fille montait la robe à l'aide d'épingles. Il ne lui parla pas. Elle non plus.

Seulement, quand il levait les yeux, il voyait son profil un peu pâle, la ligne frêle de son cou, la légère voussure de son dos, et il était content. Il ne s'était jamais demandé comment était son corps sous sa robe de laine. L'idée ne lui était pas venue qu'un homme puisse avoir envie de la tenir dans ses bras.

— Tu en as encore pour longtemps, Louise ?

— Un petit quart d'heure, maman.

— Je monte toujours. J'ai eu une grosse journée. Tu éteindras?

Mme Lange ne craignait pas de laisser sa fille seule avec Elie.

— Bonne nuit.

Stan était sorti aussi pour donner une leçon dans un gymnase. Le soir, les trams, dans la rue proche, ne passaient que tous les quarts d'heure et on entendait le vacarme de leurs freins quand ils s'arrêtaient, on pouvait les imaginer avec leurs lumières jaunes et les rares silhouettes des voyageurs, fonçant dans les rues que les becs de gaz n'éclairaient que de loin en loin. Il était dix heures lorsque Louise fit un rouleau de ses pièces de tissu qu'elle glissa sous le couvercle de la machine à coudre. Tout naturellement, comme elle l'aurait fait avec son frère, elle demanda :

— Vous montez !
— Oui.

Cela arrivait rarement qu'ils quittent la pièce ensemble en éteignant la lumière. Elle alla éteindre dans la cuisine aussi, après s'être assurée que la clef du poêle était réglée, et il l'attendit, ses livres à la main, dans le corridor que la lanterne éclairait en jaune, vert et bleu, avec des taches de rouge vers le plafond.

Il la laissa s'engager la première dans l'escalier. A hauteur de l'entresol, elle s'arrêta pour lui souhaiter bonne nuit, après quoi il n'eut plus qu'à pénétrer dans l'atmosphère glacée de sa chambre et à se glisser le plus vite possible dans son lit.

Quand Michel rentra, il était minuit passé et Elie ne dormait pas encore.

Il y eut de la pluie, le lendemain, puis le surlendemain encore, une pluie sombre et froide qui semblait éternelle et, dans les rues commerçantes, certains étalages restaient éclairés toute la journée.

L'après-midi, Elie franchissait le fleuve pour aller travailler à l'Université. Il eut un long entretien avec son professeur, un mathématicien connu dans le monde entier, et ils discutèrent un point important de la thèse.

— Vous n'irez pas chez vous pour Noël?

Elie dit non. Le professeur le regarda curieusement à travers ses verres épais. Cela lui arrivait souvent, après qu'ils avaient travaillé ensemble, de le regarder ainsi, comme s'il étudiait un phénomène.

Ce fut le cinquième jour, après le vide glauque d'un dimanche, qu'Elie fit sa découverte.

Il avait passé la matinée dans la cuisine de Mme Lange. Tout de suite après le déjeuner, il s'était rendu à l'Université, quittant la maison en hâte pour éviter que Michel lui proposât de faire la route ensemble. Il pleuvait toujours, avec quelques flocons grisâtres mêlés à la trame de la pluie, et il marchait les mains dans les poches de son étrange pardessus sans que son cache-nez empêche l'eau de glisser dans son cou.

A la bibliothèque, des traces mouillées formaient comme des pistes vers chaque chaise occupée et l'eau coulait le long des vitres, déformant les branches noires qui se dessinaient sur le ciel.

A cinq heures et demie, il se leva, endossa son pardessus et regagna la sortie sans avoir parlé à qui que ce fût, se contentant de toucher sa casquette en passant devant le surveillant.

Le pont n'était pas loin, avec le bruit monotone du fleuve qui coulait en dessous et les lumières qui éclairaient par-ci par-là la surface mouvante. Au lieu de prendre ensuite la rue animée, à sa droite, où des trams rasaient le trottoir et où, presque chaque semaine, il y avait un accident, il coupa au court par une rue déserte avec pour seule compagnie le bruit de la pluie et celui de ses pas.

De cinquante en cinquante mètres, les becs de gaz créaient une zone de lumière et, entre ces zones, l'obscurité était à peu près complète.

Il existait un terrain vague, un peu plus loin, avec, légèrement en retrait des maisons, une palissade qui en interdisait l'accès. C'était juste à la limite d'une zone obscure et d'une zone de lumière.

Elie regardait droit devant lui. Probablement qu'il regardait vers le sol afin d'éviter les flaques d'eau. C'était machinal. Il ne s'en rendait pas

compte. Il n'aurait pas pu dire à quoi il pensait,
ni pourquoi, tout à coup, il leva la tête et se tourna
vers la droite, conscient qu'il passait devant quelqu'un d'immobile.

A cause de la pluie, il frôlait les maisons, et il
eut l'impression qu'il avait failli heurter la personne tapie dans le renfoncement.

Il n'y en avait pas une, mais deux, et l'homme
était adossé à la palissade du terrain vague, la
femme, qui tournait le dos à Elie, était blottie
contre son compagnon, le visage levé vers son
visage, les lèvres collées à ses lèvres.

Il ne l'avait pas fait exprès de regarder. Il en
fut même si gêné qu'il faillit balbutier une excuse
et, au même moment, il reconnaissait la toque et
le col de petit-gris, le profil perdu de Louise qui
lui était si familier.

Il avait reconnu Michel aussi, non seulement à
son manteau, mais à sa silhouette, à ses cheveux
noirs sur lesquels il laissait pleuvoir, car il avait
retiré son chapeau.

Cela ne dura que quelques secondes. Il s'interdit de se retourner. Il était sûr de ses sens. Ce
qu'il ignorait, c'est si on l'avait reconnu
aussi. L'image floue et pâle de deux visages, de
deux bouches collées l'une à l'autre le poursuivait.

Il lui restait plus de cinq minutes pour se calmer mais, quand il rentra chez Mme Lange, il
était encore rouge et celle-ci grommela :

— Vous, vous allez sûrement faire de la température. Je parie que vos souliers prennent l'eau.

Il se rendait compte que ses yeux étaient luisants, un peu humides, sa chair comme tuméfiée.
Il n'y pouvait rien. Il en avait toujours été ainsi.
Sa mère, quand il était petit, n'avait qu'à le regarder pour déclarer sans crainte de se tromper :

— Tu as fait quelque chose de mal.

C'est peut-être pourquoi il l'avait quasiment détestée.

— Allez donc mettre vos pantoufles avant de dîner. Ce soir, je vous donnerai deux comprimés d'aspirine.

Il se vit dans la glace, en passant, préféra ne pas regarder. La porte de la rue s'ouvrait déjà. Louise rentrait, s'arrêtait devant le portemanteau pour y accrocher ses vêtements et y laisser ses caoutchoucs.

— On mange? l'entendit-il demander de sa voix de tous les jours en poussant la porte vitrée de la cuisine.

— On attend M. Michel. Il ne va pas tarder.

Elie était dans l'escalier et hésitait à descendre, tenté de se porter malade, de se mettre au lit. Il l'aurait sans doute fait sans le froid humide qui régnait dans sa chambre.

Quand il entendit une clef tourner dans la serrure, il se dirigea rapidement vers la salle à manger où Mlle Lola était déjà à sa place, à retirer des victuailles de sa boîte en fer blanc.

Il la salua sans un mot, alla chercher sa boîte à son tour, passa près de Louise sans la regarder.

— Mettez-vous à table, mes enfants. J'entends M. Michel qui rentre.

Elle était en train de préparer des pommes frites, pour le Roumain tout seul, et la graisse grésillait sur le feu, une fumée bleue emplissait la cuisine.

— Qu'est-ce que tu attends, Louise?

— Rien.

Elle suivit Elie, s'assit à table et, quand il se risqua à lever les yeux vers elle, il fut surpris, déçu, de la voir la même que les autres soirs.

Elle ne s'occupait pas de lui. Sans doute ne savait-elle pas qu'il les avait vus.

Il lui sembla seulement que ses lèvres étaient un

peu plus colorées que d'habitude, son regard plus animé. Personne d'autre que lui n'aurait remarqué la différence, tant elle était légère, et on aurait pu la mettre sur le compte de la pluie et du froid.

— M. Stan n'est pas descendu?
— Tout de suite, madame! disait celui-ci, dans l'escalier.

Il fallait toujours un certain temps avant que chacun soit à sa place avec son repas devant lui. Michel fut le dernier à s'asseoir et Elie eut l'impression que, contrairement à Louise, il cherchait son regard tandis qu'un sourire à peine perceptible, le reflet d'une humeur légère, flottait sur ses lèvres charnues comme des lèvres de femme.

Mme Lange, qui le servait, remarqua :
— J'espère qu'avec ce temps-là vous n'allez pas sortir encore ce soir ?

Il regarda Elie, attendant la traduction, comme d'habitude, et Elie oubliait son rôle, regardait vaguement devant lui.

— Pardon! murmura-t-il quand il vit tous les regards tournés vers lui. Qu'est-ce que vous avez dit, madame Lange?
— Que j'espère qu'il ne va pas sortir ce soir. Je n'ai pas envie de passer Noël à soigner des grippes.

Il traduisit, surprit un pétillement joyeux dans les yeux noirs du Roumain.

— Je ne sortirai pas, affirma celui-ci d'une voix enjouée.

Il n'eut pas besoin de traduire, Mme Lange avait compris, au son de sa voix, à l'expression de sa physionomie. Il sembla à Elie que Louise, elle aussi, avait une tendance à sourire qu'elle s'efforçait de refréner.

Il fut le seul, pendant tout le temps du repas, à comprendre leur jeu. Ils évitaient de s'adresser la parole. En fait, ce fut Mlle Lola qui parla sans cesse, racontant, puisqu'on venait de parler de

Noël, un Noël dans les montagnes de son pays.
Parfois, comme par mégarde, les regards de Michel et de Louise se croisaient. Ils se défendaient l'un et l'autre d'appuyer. Ils glissaient, au contraire, avec une légèreté d'oiseaux, tandis qu'une expression de joie contenue, presque enfantine, se lisait sur le visage du Roumain qui s'empressait de se pencher sur son assiette.
Le changement, sur les traits de la jeune fille, était plus subtil, presque invisible; ce n'était pas de la joie, il n'y avait pas de pétillement, mais comme une satisfaction sereine.
On aurait dit qu'elle avait mûri, qu'il y avait soudain en elle une tendance à plus de plénitude.
— Et qu'est-ce que vous mangez en revenant de la messe de minuit? demandait Mme Lange.
Mlle Lola commençait à énumérer les plats traditionnels de son pays tandis qu'Elie buvait son thé et que Michel, lui semblait-il, lui jetait un regard de reproche.

CHAPITRE IV

LA MESSE DE SIX HEURES
ET LE SALUT

LA MAISON, COMME la nature, avait ses saisons qu'Elie avait appris à connaître. Chaque année, par exemple, une première fois aux approches de Noël quand on entendait les enfants de l'école chanter les cantiques de l'Avent, puis une seconde fois au début du Carême, Mme Lange passait par une période de dévotion.

Au lieu de se contenter, comme le reste de l'année, d'une messe basse le dimanche, elle se mettait à assister chaque matin à la messe de six heures et elle retournait à l'église en fin d'après-midi pour le salut.

Il arrivait à Elie, qui avait le sommeil léger, d'entendre son réveil sonner au second étage à six heures moins vingt. C'était à peu près le temps où les cloches de l'église, dont on voyait le toit juste au-dessus de celui de l'école d'en face, sonnaient leur premier appel; un peu plus tard la logeuse descendait, ses souliers à la main, ce qui ne l'empêchait pas de faire toujours craquer la même marche.

Elie restait les yeux ouverts dans l'obscurité, à écouter battre le pouls de la maison et, après un certain temps d'immobilité, il avait l'impression d'entendre le souffle des dormeurs dans les chambres, le frémissement d'un sommier quand quelqu'un se retournait.

Mme Lange, avant la messe, ne passait pas par la cuisine, se chaussait assise sur la dernière marche, et, quand elle refermait la porte pour plonger dans le froid désert de la rue, les cloches sonnaient leur second appel.

La messe était courte. Elles ne devaient être que quelques-unes, des vieilles ou des veuves, vêtues de noir comme elle, à y assister, éparpillées dans la nef immense, les yeux fixés sur les cierges de l'autel. A six heures et demie elle était déjà de retour et son premier soin, avant de retirer son manteau et son chapeau, était d'allumer le feu dans le poêle.

La maison, petit à petit, commençait sa vie matinale, d'abord avec l'odeur de bois brûlé et de pétrole qui l'envahissait, ensuite avec des allées et venues bruyantes dans la chambre jaune du premier étage où Stan Malevitz, avant sa toilette, se livrait à des exercices d'assouplissement.

L'odeur du café venait plus tard et, plus tard encore, les pas de Louise dans l'escalier.

La semaine suivante, Louise ne descendit plus d'aussi bonne heure. Comme les autres hivers, elle avait la grippe, compliquée de bronchite et de mal de gorge. Faute de pouvoir chauffer la mansarde où il n'existait pas de cheminée, elle ne gardait pas le lit et passait ses journées dans un fauteuil, près du poêle de la salle à manger.

D'habitude on n'y faisait du feu que pour le déjeuner de M. Michel et pour le repas du soir.

— Vous pouvez vous y installer pour étudier,

monsieur Elie. Vous serez mieux que dans la cuisine et ma fille ne vous gênera pas.

Louise ne se plaignait pas, n'était pas une malade encombrante. Sa mère était allée lui chercher quelques livres à la bibliothèque du quartier et elle lisait presque toute la journée, ne s'interrompant que pour regarder le ciel gris au-dessus du mur blanc de la cour.

Depuis qu'Elie avait surpris le couple dans une encoignure, Michel n'avait rien dit, n'avait fait aucune allusion à l'incident, mais Elie n'en était pas moins sûr qu'il l'avait reconnu. Le Roumain avait une façon complice, parfois, de le regarder, mettant dans ses yeux un enjouement puéril, semblant dire :

— La vie est belle, n'est-ce pas ?

Il jouait avec elle, la savourait, découvrant ses dents très blanches dans un sourire désarmant.

Il savait un peu de russe et parfois, à table, taquinait Mlle Lola qui, avec lui, ne parvenait pas à se fâcher, riait à perdre haleine, de son curieux rire de gorge, saisissant toutes les occasions de poser la main sur les épaules ou sur le bras du jeune homme.

— Vous êtes un grand fou ! criait-elle. C'est un grand fou, madame Lange ! Il me donne envie d'avoir un frère, à condition qu'il soit comme lui.

Et la logeuse répliquait :

— Vous êtes sûre que c'est un frère que vous voudriez ?

Louise n'avait toujours pas l'air d'écouter, continuait, au milieu d'eux sa vie personnelle qui ressemblait à une longue rêverie intérieure, de sorte qu'Elie doutait parfois de ses sens, se demandant si c'était bien elle qu'il avait vue, la bouche collée à celle du Roumain, contre la palissade.

Il aurait voulu haïr le nouveau locataire. Il s'efforçait de le faire. C'était à cause de celui-ci que la vie n'était plus la même dans la maison, qu'Elie avait perdu sa quiétude, qu'il rôdait comme un chat qui ne retrouve plus son coin familier.

Est-ce que Michel s'en doutait? Il vivait trop intensément sa propre vie pour s'occuper des autres, et, puisqu'il était heureux, chacun se devait de l'être autour de lui.

Elie passait presque toute la journée, maintenant, dans la salle à manger, seul à seule, avec Louise. De temps en temps, il montait à l'entresol pour aller chercher un livre ou un cahier. Souvent, quand il redescendait, elle ne l'entendait pas venir et sursautait en le voyant tout à coup près d'elle.

— Je vous ai fait peur?

— Non. Vous êtes le seul, dans la maison, à aller et venir sans bruit.

— Parce que je vis en pantoufles.

Il portait des pantoufles à semelles de feutre.

— Quand vous êtes en souliers aussi. Je me demande comment vous faites.

Ce n'était pas exprès. Cela datait de son enfance. Dieu sait si la maison de Vilna était bruyante? Or, il se souvenait avoir maintes fois fait tressaillir sa mère, qui lui avait dit un jour :

— On ne t'entend pas plus qu'un poisson dans un bocal.

Cela l'avait attristé, à l'époque, parce qu'il lui semblait que cela allait plus loin que les mots. Ici aussi, dans la rue, une fois qu'il s'était arrêté pour regarder des enfants qui jouaient aux billes, ceux-ci s'étaient retournés soudain et, l'apercevant à un endroit où ils croyaient qu'il n'y avait personne avaient pris peur et s'étaient mis à courir.

S'il n'avait pas vu Louise dans les bras de Michel, il aurait peut-être remis à plus tard le travail auquel il se livrait chaque après-midi à la bibliothèque, afin de rester avec elle tout le temps que la grippe la retenait à la maison.

Maintenant, cela n'avait plus de sens, plus de saveur. Michel ne restait pas non plus. Il continuait à sortir le soir pour voir des amis, peut-être des filles qu'il photographiait, nues dans leur chambre. De loin en loin, seulement, Elie croyait surprendre un bref échange de regards entre lui et la fille de Mme Lange, mais il n'en était pas sûr, il se demandait si l'étreinte sous la pluie n'avait pas été fortuite.

Il était rarement à la maison à cinq heures. Il savait néanmoins que la logeuse, après avoir chargé et réglé son poêle, mettait son manteau, son chapeau et se précipitait vers l'église en rasant les maisons.

Le salut était plus long que la messe, car on y récitait d'interminables prières dont on entendait le murmure du dehors. Elle devait rentrer vers six heures moins vingt, heure à laquelle les locataires revenaient tour à tour et où la vie commune recommençait. Le plus souvent, Michel arrivait le dernier et son haleine avait parfois une légère odeur d'apéritif.

Ce fut un lundi que, vers quatre heures et demie, alors qu'il travaillait sous un des abat-jour verts de la bibliothèque, Elie fut pris d'un violent mal de tête qui lui enleva le courage de poursuivre ses recherches ce jour-là. A cause de l'approche des fêtes, les rues étaient noires de monde et un flot ininterrompu défilait devant les étalages éclairés qui croulaient de marchandises.

Quand il longea le mur de l'église, il entendit la voix sonore d'un prêtre réciter des prières que la foule répétait dans un murmure. Un instant, il fut tenté de gravir les marches du parvis, de pousser une des portes rembourrées qu'il n'avait jamais franchies mais dont il connaissait le grincement. Par paresse, par discrétion aussi, il ne le fit pas. Il n'était jamais entré dans une église catholique

Maintes fois, Mme Lange avait insisté pour qu'il l'accompagne, disant :

— Vous verrez comme c'est beau ! Et vous entendrez les grandes orgues.

Il les avait entendues, de la rue, en passant, le dimanche, surtout au moment où, après la grand-messe, on ouvrait les portes toutes grandes et où la foule des fidèles s'écoulait avec un sourd piétinement.

A mesure qu'il approchait de la maison, les rues devenaient plus sombres, plus désertes, et, quand il tourna le dernier coin, il n'y eut plus que lui sur le trottoir.

Ce ne fut qu'une fois à quelques pas de la porte qu'il remarqua un mince trait de lumière filtrant entre les rideaux de la chambre grenat. Il était à peine plus de cinq heures. Cela l'étonna que Michel soit rentré. Il ne le fit pas exprès, cependant, d'ouvrir la porte sans bruit, n'eut pas conscience, en réalité, de ne pas faire de bruit, et c'est de son pas habituel qu'il se dirigea vers le fond du corridor où la porte de la salle à manger était ouverte.

Tout de suite, il remarqua que le fauteuil de Louise était vide. La fille de Mme Lange n'était pas non plus dans la cuisine. La porte qui faisait communiquer la salle à manger avec la chambre de Michel était fermée.

Ce qui le surprit le plus, ce qui lui serra la poitrine, ce fut de n'entendre aucun bruit. Même quand il s'approcha de la porte et mit l'oreille près du battant, il ne surprit pas le moindre murmure de voix, pas un chuchotement et il resta ainsi un long moment, l'ouïe en éveil, une grimace de souffrance physique sur ses traits.

A contrecœur, il finit par céder à la tentation de se baisser pour regarder par la serrure, se mit presque à genoux, appuyé de la main au chambranle.

Quand il vit, il ne bougea plus et il lui sembla que, tout le temps qu'il passa à regarder, il ne respira pas. Il sentait seulement le sang battre dans les veines de ses poignets et de sa gorge.

La lumière de la chambre était rougeâtre, comme les mutes et comme l'abat-jour de soie. Le lit se trouvait à droite, un lit très haut, et, au bord de celui-ci, Louise se tenait les genoux écartés, dans la pose exacte de la fille qui avait rendu Elie malade, cependant que, Michel, debout la défonçait à grands coups rythmés.

De l'un et de l'autre, il ne voyait que le profil. La jeune fille, peut-être à cause de l'éclairage, paraissait très pâle, les lèvres de la même couleur que la chair, les narines pincées, les yeux clos. Son visage n'exprimait rien, tellement immobile qu'on aurait pu la croire morte.

Michel ne parlait pas, ne souriait pas et, de l'endroit où il se tenait, Elie pouvait entendre son souffle dont le rythme suivait celui de ses mouvements.

Tout à la fin, seulement, Louise eut deux ou trois sursauts nerveux, son visage se crispa sans qu'on pût savoir si c'était de douleur ou de plaisir et l'homme resta immobile un moment, recula d'un pas, rit d'un petit rire sec et lui tendit la main pour l'aider à se mettre debout.

Elie se releva aussi, quitta la salle à manger, s'arrêta dans le corridor pour accrocher son pardessus au portemanteau, entendit qu'ils parlaient dans la chambre.

Il monta chez lui et, sans faire de lumière, se jeta sur son lit. Il avait les poings serrés et la pression de ses mâchoires faisait grincer ses dents. Des idées fantastiques lui passaient par la tête, en désordre, avec la violence d'une éruption, et de temps en temps lui revenait un mot qui n'avait pas

nécessairement de signification, qui n'en était pas
moins l'expression de tout ce qu'il ressentait :
— *Je le turai!*

Tuer! Avec l'incohérence d'un enfant qui vient
de subir un cruelle déception, il répétait le même
bout de phrase à mi-voix, les dents serrées :
— *Je le tuerai!*

Ce n'était pas un projet, encore moins une décision. Il n'avait pas envie de le faire mais, de le dire,
le soulageait. Il ne pouvait pas pleurer. Il n'avait
jamais pleuré de sa vie. Sa mère, quand elle le
battait, finissait par voir rouge à cause de ce qu'elle
appelait son indifférence et lui criait :
— Mais pleure! Pleure donc! Ne serais-tu pas
fait de la même matière que les autres? Tu es trop
fier, n'est-ce pas?

Ce n'était pas vrai. Il n'était pas fier. Il ne le
faisait pas exprès. Ce n'était pas sa faute si son
visage s'empourprait, si ses yeux devenaient luisants mais restaient secs sans qu'il parvînt à s'exté-
rioriser davantage.

Il avait oublié son mal de tête. C'était partout
qu'il avait mal, comme si tout son être n'avait plus
été qu'une blessure. Il allait arriver enfin à haïr
Michel. Il le haïssait. Jusqu'à sa mort, il reverrait
Louise telle qu'il venait de la voir, de si près qu'il
n'avait pas perdu un frémissement de son visage.

Etait-ce la première fois que cela leur arrivait?
Ils ne se tenaient pas enlacés. Il n'y avait pas
d'amour, pas de tendresse dans leur pose, dans leurs
attitudes. Presque tout de suite après, alors qu'Elie
se trouvait dans le corridor, ils s'étaient mis à parler de leur voix ordinaire.

A présent, Louise avait dû reprendre sa place
dans son fauteuil. On entendait plusieurs voix, le
bruit du tisonnier dans le poêle de la cuisine, la
porte qui s'ouvrait pour Stan Malevitz. Il n'y avait
plus que Mlle Lola à rentrer.

Il se demandait s'il descendrait. Il aurait voulu faire quelque chose d'extraordinaire, n'importe quoi, qui soit aussi dramatique que sa découverte, mais il ne trouvait rien.

— Monsieur Elie! La logeuse l'appelait du pied de l'escalier et, à sa surprise, ajoutait :

— Mademoiselle Lola! C'est l'heure de dîner!

En effet, Mlle Lola, sortit de sa chambre où elle se trouvait donc avant l'arrivée d'Elie. Elle n'avait pas dû sortir. Louise le savait. Le couple ne s'en était pas préoccupé. Qui sait? Peut-être avaient-ils entendu Elie rentrer aussi, et cela n'avait rien empêché.

On montait l'escalier. Des pas s'approchaient de sa porte. Il sauta à bas de son lit tandis que Mme Lange grommelait :

— Qu'est-ce que vous faites là dans l'obscurité?
— Je me reposais.

Il ajouta gauchement :

— J'ai très mal à la tête.
— Descendez vite vous allez prendre froid.

Il obéit. Elle lui parlait presque toujours d'un ton bougon, mais il était persuadé qu'elle l'aimait bien. C'était la seule personne au monde à lui témoigner de l'intérêt, sinon de l'affection.

— Il y a longtemps que vous êtes rentré?

Ils se trouvaient tous les deux dans l'escalier. Les portes étaient ouvertes. D'en bas, on les entendait. Il faillit, pour les inquiéter, répondre qu'il était ici depuis près d'une heure, n'en eut pas le courage.

— Un petit peu avant vous.

Les autres, y compris Louise, étaient à table. La porte de la chambre grenat, par laquelle Michel était entré, restait entrouverte et, tout le temps du repas, Elie en fut gêné. Bien qu'on ne vît rien, car la lumière était éteinte, il ne pouvait pas s'empêcher d'évoquer le lit.

Il fut longtemps sans oser regarder Louise et

celle-ci, quand il lui jeta enfin un coup d'œil honteux, avait son visage normal moins pâle que tout à l'heure. Deux ou trois fois, elle répondit d'une voix calme aux questions de sa mère.

— Il recommence à geler, annonça celle-ci, et je ne serais pas surprise que, demain, nous ayons de la vraie neige, de la neige, qui tient.

Puis, tournée vers Elie :

— Demandez-lui s'il y a de la neige dans son pays.

Il fut sur le point de refuser. Tout cela lui paraissait ridicule, presque odieux. Un moment, le décor, les visages autour de la table, la lumière, le bruit des couteaux et des fourchettes, la maison elle-même et cette ville étrangère autour d'eux cessèrent d'être réels.

Que faisait-il ici, si loin de l'endroit où il était né, parmi des êtres qu'il ne connaissait pas, qui ne parlaient pas sa langue, qui n'avaient aucun lien avec lui ?

— Vous ne voulez pas traduire ?
— Si. Pardon.

Même sa propre voix sonnait étrangement à son oreille. Pourquoi traduire une question dont il connaissait la réponse ?

Michel avait à peine parlé à son tour que Mme Lange demandait :

— Qu'est-ce qu'il dit ?
— Que, certains hivers, il y a plus d'un mètre de neige.
— Pourtant, il fait plus chaud là-bas qu'ici.
— Il y fait très chaud en été, très froid en hiver.
— Je crois que je n'aimerais pas ce climat-là.

Louise n'avait pas plus l'air d'écouter que d'habitude. Mlle Lola commençait, comme chaque fois qu'on lui fournissait un point de départ :

— Au Caucase, dans mon pays...

Et lui, pourquoi ne parlait-il jamais du sien? Il était arrivé à Mme Lange de remarquer :
— On dirait que vous en avez honte.

Il n'en avait pas honte. Il n'avait pas envie d'y retourner non plus, car aucun bon souvenir ne l'y attirait.

— Vous ne parlez pas volontiers de vos parents et, quand votre mère est morte, vous n'avez pas pleuré. Vous n'aimiez pas votre mère?

Il avait répondu simplement :
— Non.

A cause de cette réponse-là, elle lui avait battu froid pendant plusieurs semaines. Est-ce que Louise aimait sa mère? Est-ce qu'elle aimait Michel? Est-ce que celui-ci avait la moindre affection pour elle? Existait-il, dans le monde entier, un être capable d'en aimer réellement un autre?

Il mangea machinalement, car il n'avait pas faim. Il sentait qu'il était rouge et que sa logeuse finirait par lui demander ce qu'il avait. Cela ne lui échappait jamais. Mais jamais, par exemple, elle ne demandait à sa fille à quoi elle pensait quand on la voyait soudain partir dans les nuages.

Cela vint tout de suite après une phrase pompeuse de Stan Malevitz au sujet des patinoires de Varsovie.

— Cela ne va pas, monsieur Elie? J'espère que vous n'avez pas reçu de mauvaises nouvelles?

— Non, madame, dit-il tandis que Louise tournait la tête vers lui et le regardait avec attention.

Il en fut troublé, avala son thé de travers, toussa, porta sa serviette à son visage.

— Vous n'êtes pas comme d'habitude. Depuis quelques jours, déjà, je trouve que vous n'êtes pas dans votre assiette.

— Je ne me porte jamais très bien en hiver.

— Si seulement vous preniez des forces! On ne peut pas conserver sa santé en travaillant comme vous le faites et en ne mangeant à peu près rien.

C'est ce qui la tracassait le plus chez lui. Elle n'ignorait pas qu'il avait trop peu d'argent pour se payer davantage de nourriture. Elle lui répétait :

— Moi, à votre place, je ferais n'importe quoi, fût-ce balayer les rues. Vous pourriez donner des leçons à des étudiants moins avancés que vous.

Huit jours plus tôt, elle avait suggéré :

— Pourquoi ne donneriez-vous pas des leçons de français à M. Michel ? Il cherche quelqu'un. Il payerait le prix que vous voudriez, car il ne sait que faire de son argent. Cela vous prendrait une heure ou deux par jour et vous pourriez manger à votre faim.

— Non, madame.

— Vous êtes trop orgueilleux, c'est ça votre malheur. Vous serez bien avancé quand votre orgueil vous aura conduit au cimetière !

Il ne fallait pas qu'il se tourne vers Louise car, s'il le faisait, il était sûr que celle-ci comprendrait. Peut-être avait-elle déjà compris. Elle continuait à l'observer avec insistance et il perdait contenance, souhaitant que quelqu'un parle et détourne de lui l'attention.

Il ne voulait pas regarder Michel non plus, dont le parfum un peu fade lui parvenait par-dessus la table.

— J'ai remarqué souvent qu'à l'approche des fêtes les étrangers ont le cœur barbouillé. Cela se comprend. Ils voient les autres qui se préparent à se réjouir en famille. Demandez-lui, monsieur Elie, ce que, chez eux, on mange la nuit de Noël.

Elle reprit presque tout de suite :

— Je vous demande pardon. Je ne pensais plus qu'il est juif aussi.

Cela créa un silence.

S'il dormit cette nuit-là, ce ne fut pas avant trois ou quatre heures du matin, alors que depuis une éternité on n'entendait plus le moindre bruit dans la maison ni dans la ville. Il avait entendu passer le dernier tram, puis, beaucoup plus tard, la voix d'un ivrogne, ensuite les cloches de l'église qui sonnaient les heures et les demies. Il évitait de bouger, car il n'y avait de chaud que la place occupée par son corps et, s'il étendait le bras sa main rencontrait le drap glacé.

Plusieurs fois, il se dit qu'il avait la fièvre et qu'il allait être malade. Il savait que ce n'était pas vrai. Ce n'était pas vrai non plus qu'il gardait les yeux ouverts et il arriva à ses pensées de se brouiller, de se déformer, de sombrer dans l'irréel qui, peu à peu, prenait une place plus importante que la réalité.

Par exemple, à certains moments, c'était comme s'il se dédoublait. Son corps restait recroquevillé au creux des draps, les couvertures remontées jusqu'au nez, avec des pensées tumultueuses dans sa grosse tête couronnée de cheveux roux. En même temps, ce corps-là, il le voyait, l'examinait avec une sorte de dégoût, étudiant froidement les fameuses pensées qui défilaient en chapelet. Ce n'était pas plus beau que son visage bouffi, aux yeux de poisson ou de crapaud. Peut-être était-ce parce qu'elle le trouvait aussi laid à l'intérieur qu'à l'extérieur que sa mère ne l'avait pas aimé, qu'il n'avait jamais eu d'amis, qu'aucune femme ne l'avait regardé comme les femmes regardent les hommes.

De quoi était-il jaloux? Il n'était dans la maison qu'un locataire comme les autres, pas même comme les autres, puisqu'il était le plus pauvre et que Mme Lange ne devait pas faire de bénéfices avec lui. Il profitait de la chaleur de la cuisine, de la salle à manger. Il profitait de leur présence à tous, du son de leur voix. C'était lui, sciemment, qui s'accrochait à eux parce que, au fond, ce qu'il n'aurait jamais avoué à personne, ce qu'il lui répugnait de s'avouer, il avait peur de la solitude.

Il les volait, Louise encore plus que les autres. Faute du courage de lui faire la cour et d'essuyer un refus, il se frottait à elle, se contentant de sa présence, du rythme de sa respiration, de la vue de son visage incolore.

Maintenant, parce qu'elle faisait l'amour avec un homme, comme il est naturel à un mâle et à une femelle de le faire, il était jaloux. Il l'était déjà avant cela. Il l'aurait été s'il ne s'était rien passé entre elle et Michel.

Parce qu'il s'était incrusté dans la vie des autres, en somme, et qu'il ne permettait pas que cette vie-là change.

Qu'avait-il espéré, sans jamais se le formuler clairement? Il n'avait pas l'intention, ses études finies, de retourner dans son pays. Il n'avait pas non plus envie d'aller ailleurs.

Comme un enfant qui s'imagine qu'il ne quittera jamais ses parents, il lui aurait paru naturel de rester ici sa vie durant, avec Mme Lange qui continuerait sa routine quotidienne, Louise qui continuerait à lui donner sa présence.

C'était ridicule. Michel avait raison. Et c'est bien parce qu'Elie le sentait qu'il lui en voulait de sa présence et jusque de son existence.

On l'accusait d'être fier. Tout le monde, à commencer par sa mère, s'était trompé. Y compris ceux qui, comme son professeur, se figuraient qu'il se suffisait à lui-même et le regardaient avec une admiration mêlée d'inquiétude.

Il n'était pas fier. Il ne se suffisait pas à lui-même. Seulement, ce dont il avait besoin chez les autres, il le leur prenait sans qu'ils s'en aperçoivent. C'était un voleur, au fond. Et un lâche.

Quant à Louise, il s'en était tout autant approprié que Michel. Pas de la même façon. Il ne l'avait pas renversée sur le lit. Il n'en avait pas envie. Cela lui faisait peur.

Il ne l'avait pas moins mêlée à sa vie, à son insu, plus étroitement que le Roumain, au point qu'il avait soudain l'impression qu'on venait de lui couper ses racines.

Il faudrait bien qu'il parvienne à haïr Michel. C'était indispensable. Cela le soulagerait de n'avoir plus que lui-même à haïr.

Il rêvait qu'il ne dormait pas, qu'il examinait sa conscience d'un regard froid et impersonnel. Les cloches sonnaient. Michel n'était même pas effleuré par la pensée qu'il pouvait avoir fait quelque chose de mal. Il était innocent et, quand Elie essayait de le condamner, toutes les voix, autour de la table, répétaient :

— Innocent !

Une sonnerie vibrait, des pieds nus prenaient contact avec un plancher froid et il sombra dans un vrai sommeil jusqu'à ce qu'on frappe à sa porte et que la voix de Mme Lange prononce :

— Vous êtes malade, monsieur Elie?

Il dut répondre que non d'une voix engourdie.

— Voilà dix minutes au moins que je vous appelle. Il est huit heures. M. Stan est déjà parti.

Il avait la tête vide, le corps mou. En bas, il se força à regarder Louise en face et Louise se contenta de lui demander :

— J'espère que vous n'avez pas attrapé ma grippe?

Alors qu'il terminait son repas, Michel vint déjeuner sentant l'eau de Cologne, un peu de poudre près du lobe de son oreille. Il adressa un vague bonjour à la jeune fille, sans lui accorder un regard particulier, et, une demi-heure plus tard, on l'entendit s'éloigner dans la rue d'un pas allègre.

Comme la logeuse l'avait annoncé, il neigeait à

gros flocons qui tourbillonnaient et qui commençaient à former une couche blanche sur les toits, mais qui fondaient encore sur la pierre grise des rues.

Dix fois, pendant la matinée, alors qu'il travaillait à deux mètres à peine de la jeune fille, il lui arriva de penser :

— Je le tuerai.

Il n'y croyait pas. C'était un peu comme Mme Lange qui répétait souvent du bout des lèvres :

— Jésus, Marie, Joseph !

Et elle ne pensait sûrement pas au Christ, à la Vierge et au père nourricier.

Une voix criait d'en haut :

— Vous prendrez deux kilos de pommes de terre et une botte de carottes, monsieur Elie ?

Il suivait les rites, d'une façon machinale, comme s'il n'y croyait plus.

— Vous êtes fâché avec moi ?

Il regarda Louise, dérouté, ne sachant que répondre, sans se rendre compte qu'il ne lui avait pas adressé la parole de la matinée.

— Non.
— Je croyais.

Une fois de plus, il était devenu pourpre et ses oreilles brûlaient. La vraie raison de son trouble, c'est qu'à ce moment précis, alors qu'il regardait le visage pâle et calme, il se demandait si les choses se passeraient cet après-midi-là comme la veille.

Pouvait-elle deviner un sentiment pareil ? Etait-elle comme sa mère, qui avait un don pour découvrir les pensées honteuses qu'on se cache à soi-même ?

Il se rendit à la bibliothèque après le déjeuner. La neige commençait à coller aux semelles et les rails des trams étaient d'un noir d'encre sur la blancheur de la rue.

A quatre heures et demie, il se leva, reporta ses livres au bibliothécaire, se dirigea vers le fleuve qu'il traversa à la même heure que le jour précédent.

Quand il passa devant l'église, il entendit les mêmes voix. Et, en approchant de la maison, il marcha avec moins de bruit que jamais, introduisit délicatement sa clef dans la serrure.

Il avait vu le filet de lumière rougeâtre entre les rideaux. Levant la tête, il avait aperçu les fenêtres non éclairées de Mlle Lola. Il s'arrêta un instant dans le corridor, pour retirer sa casquette et son pardessus humides, et quelques instants plus tard, il ressentait un certain soulagement en entrant dans la salle à manger, non parce que Louise y était, mais parce qu'elle n'y était pas.

Il devait avoir vraiment l'air d'un voleur. Il en était un, puisqu'il en avait conscience. Il ne s'en approchait pas moins de la porte et, sans prendre le temps d'écouter d'abord, se penchait tout de suite pour coller son œil à la serrure.

Probablement parce qu'il était un peu plus tôt que la veille, il vit d'autres gestes et les images étaient aussi précises, les détails aussi nettement dessinés que s'il avait regardé à la loupe.

Le lendemain, le jour suivant encore, il se retrouva à la même place, à la même heure et quand ils étaient tous réunis à table, il se montrait distrait, avait conscience que sa voix n'était pas la même, que son regard glissait, effrayé, sur les visages, et que tout le monde s'en apercevait.

Il n'osait plus se tourner vers Michel, à cause du sourire de celui-ci. Alors que Louise se comportait comme d'habitude, que personne n'aurait pu deviner quoi que ce soit sur ses traits, que son regard ne se détournait pas quand il rencontrait celui d'Elie, il y avait, sur les lèvres du Roumain, un sourire d'une subtile ironie.

Après le troisième jour, Elie était tellement persuadé que Michel savait qu'il avait l'œil à la serrure qu'il se demandait si ce n'était pas pour le narguer qu'il exigeait certains gestes de la jeune fille.

— Je commence à croire que vous êtes vraiment malade, monsieur Elie. A votre place, je consulterais le docteur.

— Non, madame.

— Vous ne vous voyez pas. Ce soir, avant de monter, prenez donc votre température.

C'était sa manie. Elle avait un thermomètre dans la soupière du service qui ne servait pas, le service de son mariage, où on plaçait de menus objets, des boutons, des vis, les notes de l'électricité.

Tous les matins, son premier soin, quand Louise descendait, était de lui mettre le thermomètre dans la bouche et elle surveillait sa fille du coin de l'œil, l'empêchant de parler.

— Trente-huit six.

On n'avait pas appelé le médecin pour la jeune fille parce que c'était chaque année la même chose. Sa mère lui préparait des repas légers, surtout des œufs au lait, et, toute la journée, il y avait un pot de limonade près du fauteuil.

Deux fois par jour elle badigeonnait la gorge de Louise avec de la teinture d'iode.

— Je suis persuadée que vous avez plus de température qu'elle. Seulement, vous êtes trop fier pour...

Encore et toujours ce mot-là, dont la stupidité lui faisait serrer les poings !

— Si j'étais votre mère...

Elle ne l'était pas. Elle était la mère de Louise et elle ne remarquait pas le sourire de Michel qui, du matin au soir, exprimait le contentement. Ce sourire-là, Elie ne parvenait pas à le définir. Il ne pouvait le comparer à rien, sinon au sourire d'un prestidigitateur qui vient de réussir un tour étonnant et que l'assistance regarde avec béatitude.

Si c'était à Elie plus qu'aux autres qu'il s'adressait, n'était-ce pas parce que Michel savait qu'Elie était le seul en mesure de l'apprécier?

Il jonglait, envoyait toutes les boules en l'air et elles revenaient dans sa main, docilement. Les gens n'y voyaient que du feu. C'était drôle.

La vie était amusante. Ils étaient là, tous autour de la table, sous la lampe qui éclairait également les têtes, à parler de choses qui n'avaient aucune importance; chacun, sauf Michel, mangeait ce qu'il retirait de sa boîte, Mme Lange, qui avait quarante-cinq ans, qui était veuve et qui croyait tout savoir, les traitait comme des enfants, leur distribuait des conseils sans soupçonner qu'une heure plus tôt, derrière la porte maintenant entrouverte, sur le lit qu'on aurait pu apercevoir en penchant la tête, sa fille prenait les mêmes poses, faisait les mêmes gestes que les créatures dont elle avait si peur!

Le repas terminé, Michel éprouvait encore le besoin de sortir. Il rentrait à minuit. Il devait avoir bu, car sa clef avait du mal à trouver le trou de la serrure.

Il dormait, le matin, traînait au lit, à savourer son demi-sommeil, pendant que la logeuse ranimait son feu.

— Il y a une lettre de votre mère, monsieur Michel.

Il la lisait sans sortir des draps, en fumant sa première cigarette de tabac blond. On les lui envoyait de là-bas. On lui envoyait toutes sortes de friandises. Tous conspiraient à faire que sa vie soit un jeu inconsistant.

Il ne cherchait pas Louise des yeux en entrant dans la salle à manger, sachant qu'elle était là et qu'elle était à lui. Il n'aurait qu'à entrouvrir la porte, tout à l'heure, lui adresser un signe. Elle s'avancerait, docile et contente, prête à tout ce qu'il lui demanderait.

— Vous vous sentez bien? demanda ce jour-là le professeur avec qui Elie était allé travailler.

Lui aussi! La même question! Le même regard inquiet, peut-être pas tant de son état physique que d'autre chose qu'ils sentaient tous sans trouver les mots pour en parler.

— Je ne suis pas malade.
— Vous n'avez pas de fièvre?

Les mots revenaient dans son esprit.

— Je le tuerai.

Et maintenant, il commençait à se demander si cela n'arriverait pas un jour.

Pour aucune raison précise. Pour rien. Parce que...

Il fallait qu'il s'en aille à quatre heures et demie.

CHAPITRE V

L'APRÈS-MIDI DU DIMANCHE ET LE SOIR DU LUNDI

Ce fut après ce qui se passa l'après-midi du dimanche que l'idée de punition se glissa dans l'esprit d'Elie, y prit tout de suite force et remplaça les autres idées qui y avaient bouillonné pendant les derniers jours. Avec cette idée-là, tout devenait simple et clair, il ne restait plus en quelque sorte qu'une question de justice.

Après le repas de midi, Mme Lange était montée dans sa mansarde et avait passé une heure à sa toilette, comme chaque fois qu'elle se rendait pour l'après-midi chez sa sœur qui tenait une pâtisserie à l'autre bout de la ville dans la rue qui conduisait au cimetière. Lorsqu'elle descendit, elle portait sa meilleure robe, les souliers qui lui faisaient mal et elle s'était discrètement parfumée.

— Vous ne sortez pas, monsieur Elie.
— Vous savez bien que je ne sors que quand c'est nécessaire.
— M. Michel est dans sa chambre ?
— Je ne l'ai pas entendu partir.

— Cela ne vous ennuiera pas de mettre la soupe à réchauffer vers cinq heures et demie?

Louise n'était pas guérie. Même bien portante, ce n'était pas sans rechigner qu'elle accompagnait sa mère chez sa tante où les deux sœurs n'en finissaient pas de raconter leurs misères.

Le temps était sourd et triste, la ville silencieuse, les moindres bruits prenaient plus d'intensité qu'en semaine et on entendit les pas de Mme Lange jusqu'à ce qu'elle tourne le coin de la rue où se trouvait l'arrêt du tram.

Mlle Lola était allée au cinéma. Stan Malevitz, comme chaque dimanche, devait se trouver au club d'étudiants polonais qui avait son siège au-dessus d'une brasserie du centre et où il jouait aux échecs.

Elie, installé avec ses cours dans la salle à manger, savait que Michel n'était pas sorti. Louise aussi, qui penchait la tête sur un livre dont elle ne tournait pas les pages et qui restait immobile, sans impatience, tandis que les minutes coulaient lentement et qu'on entendait à travers la porte le battement de l'horloge de la cuisine.

Il lui arriva pourtant, sans bouger, de regarder le Polonais d'un air réfléchi, comme si elle cherchait à comprendre, à résoudre un problème, et ce regard-là, qu'il sentait sur lui, le rendait mal à l'aise.

Il s'était promis de rester et il tint bon une demi-heure, sans parvenir à concentrer son attention sur son travail. L'atmosphère était étouffante, si calme, les êtres et les choses si immobiles qu'il en était oppressé comme par un cauchemar; de l'autre côté de la porte, Michel ne remuait pas non plus et c'était Elie qui se demandait avec presque de l'angoisse ce qu'il pouvait bien faire.

Il n'y avait pas de bruit, de vie nulle part, ni dans la rue, ni dans la maison, et, sans le tramway qui, le dimanche, ne passait que de loin en loin, on aurait pu se croire dans un univers mort.

Il fut le premier à se mouvoir et cela dut ressembler à une fuite. Se levant d'une détente, il fixa un moment ses papiers, hésitant à les emporter là-haut, gagna la porte sans mot dire et monta chez lui, où il n'avait rien à faire, où il resta debout à regarder par la fenêtre la cour et le derrière des maisons.

Il y avait une semaine qu'il vivait sans point d'appui, sans rien de solide en dessous et autour de lui. Même les mots n'avaient plus de sens quand il se répétait à longueur de journée, et surtout le soir dans son lit :

— Je le tuerai !

Son oreille était aux aguets. Il n'y avait pas cinq minutes qu'il se trouvait dans la chambre qu'il entendit un craquement, en bas, puis des sons trop légers pour qu'il puisse les identifier.

Il fit son possible pour ne pas descendre. La veille aussi, il s'était efforcé presque douloureusement de rester jusqu'à cinq heures et demie sous la lampe de la bibliothèque et il s'était quand même échappé.

Cette fois, il tint bon un certain nombre de minutes, peut-être dix, il ne pouvait pas savoir, faute de montre ou de réveil, et quand il se mit en mouvement il poussa un soupir qui ressemblait à une plainte.

Il était impossible qu'on ne l'entende pas descendre l'escalier, dont une marche au moins craqua. Il ne faisait rien pour qu'on ne l'entende pas, regagnait la salle à manger et celle-ci était vide, le fauteuil de Louise inoccupé. La présence d'Elie dans la maison n'avait rien empêché.

Il aurait voulu résister mais, comme les autres jours, il finit par marcher vers la porte de communication. C'était la première fois que cela lui arrivait dans la lumière du jour. Il se pencha, mit un genou à terre, son œil trouva la serrure, découvrant la chambre qui, les rideaux ouverts, paraissait différente.

Il ne vit pas tout de suite Michel, qui se tenait en dehors de son champ de vision, mais Louise était juste devant lui, debout entre les deux fenêtres, déjà presque dévêtue, faisant glisser de son corps du linge blanc qu'elle ramassait ensuite pour le poser sur une chaise.

Il ne l'avait pas encore vue entièrement nue, les épaules anguleuses, la colonne vertébrale saillante avec, comme une petite fille, un creux à l'intérieur des cuisses. Elle était gênée, surtout de ses seins, qu'elle garda un certain temps dans ses mains tandis que le Roumain restait invisible.

Elie ne comprit ce qu'il faisait que quand il entendit le déclic de l'appareil photographique.

C'était donc convenu d'avance. Quand Louise était entrée dans la chambre, l'appareil était déjà prêt sur son trépied. Maintenant, Michel le déplaçait, installait la jeune fille près d'une des fenêtres de façon qu'elle reçoive la lumière de la rue. Il portait un pantalon de flanelle et son torse était nu, des poils noirs et frisés couvraient sa poitrine.

Avant de prendre une nouvelle photo, il tendit une cigarette allumée que Louise fuma gauchement, lui dit quelque chose qu'Elie ne comprit pas et qui la fit sourire.

En l'espace d'une demi-heure, il usa deux rouleaux de pellicule et elle prenait docilement les poses qu'il lui montrait. Parfois, il lui offrait un *rahat-loucoum*. Quand il la photographia sur le lit, il s'approcha d'elle par deux fois pour écarter davantage sa jambe gauche en souriant avec enjouement.

La dernière fois qu'il entra dans le champ de

vision d'Elie, il était nu, lui aussi, et, sans transition, il s'étendit sur elle.

Ce fut à ce moment-là qu'il se tourna d'un air moqueur vers la porte de communication et chuchota quelques mots à l'oreille de Louise.

Elle regarda, elle aussi, machinalement, détourna aussitôt le visage et, dès lors, évita de se tourner vers la porte.

Tous les deux savaient qu'il était là. Elie était sûr maintenant que Michel savait depuis le premier jour, et c'était exprès, par bravade ou par jeu qu'il avait fait prendre certaines poses à la fille de Mme Lange.

Aujourd'hui, à cause de la fenêtre qui se trouvait dans l'axe de la porte, le visage d'Elie devait faire une ombre derrière la serrure qui, sans lui, aurait été un trou clair.

Cela faisait rire le Roumain. Il continuait à rire en s'acharnant sur le corps de Louise, cependant que celle-ci gardait la tête tournée.

C'est alors, en les regardant tous les deux, qu'Elie pensa avec l'impression de faire une découverte :

— Il faut le punir.

Cela devenait une question de justice. Il n'aurait pas encore été capable de s'expliquer clairement, mais une révolte fermentait en lui, la même sans doute, qui venait de le tracasser pendant des jours sans qu'il parvienne à l'analyser.

Cela arrive avec un furoncle, par exemple. On a d'abord la peau sensible sur une certaine étendue jusqu'à ce que le mal se précise et que perce une petite tête dure.

— Il faut le punir.

Punir était un mot précis. Il n'était pas admissible que Michel jouisse indéfiniment de l'impunité. Il y avait quelque chose de scandaleux, d'insolent dans le bonheur qu'il affichait et qui était réellement en lui, baignant toutes les fibres de son être.

Il n'avait jamais été donné à Elie de contempler un homme totalement heureux, heureux en tout, toujours, à chaque moment de la journée, et qui se servait avec innocence de tout ce qui l'entourait pour ajouter à son plaisir.

Ce n'était pas seulement de Louise que Michel se servait aujourd'hui et les jours précédents, mais d'Elie. C'était d'Elie qu'il parlait encore à voix basse debout près du lit, nu et impudique, en jouant négligemment avec les petits seins de la jeune fille.

Deux ou trois fois il lui arriva de se tourner vers la porte et on aurait dit qu'il avait envie de parler à Elie, peut-être de l'appeler. Il fut même sur le point, à un certain moment, d'aller ouvrir cette porte. Il fit un pas, souriant toujours, et la voix de Louise supplia :

— Non, Michel ! Pas ça !

Qu'aurait-il fait au juste si elle ne l'avait pas arrêté ? Il ne se tenait pas pour battu, prononçait un des rares mots de français qu'il avait appris :

— Pourquoi ?

Elle répétait, prête à pleurer :

— De grâce !

Elle avait hâte de se rhabiller. Sans faire face à la salle à manger, elle se laissa glisser du lit, se dirigea vers la chaise sur laquelle étaient ses vêtements. Michel la retint. Elle se débattit, sans force, et ce qui se passa ensuite n'exista qu'à cause de la présence d'Elie. A maintes reprises, Louise fit non de la tête, effrayée par ce qu'on lui demandait, et son compagnon ne s'en préoccupait pas, souriant toujours en lui parlant à l'oreille.

Qu'aurait-il dit à Elie si elle ne l'avait pas empêché d'ouvrir la porte ?

Elie n'osa pas attendre, par crainte que la même idée lui revienne. Il avait la conviction qu'il venait de toucher le fond et, dès maintenant, tout était décidé.

On avait saccagé son terrier. A lui qui n'avait rien, on était parvenu à voler quelque chose. Il n'y avait plus aucune vie possible dans la maison. Et, peut-être à cause du rire de tout à l'heure, n'y aurait-il plus de vie possible avec lui-même.

Ce crime-là ne pouvait pas rester impuni. La veille, quand il pensait à tuer, sans y croire vraiment, Elie ne savait pas pourquoi et s'imaginait que c'était à cause de Louise.

C'était à cause de lui. Il savait, désormais. Il n'avait pas besoin de haine, seulement du sentiment de la justice. Si ce n'était pas lui qui interviendrait, Michel continuerait à être heureux et alors, du moment que pareille chose était possible, le monde n'avait plus de sens, une existence comme celle d'Elie devenait une sorte de monstruosité.

Or, ce n'était pas lui le monstre, c'était l'autre, qui les volait tous et volait par surcroît leur sympathie.

Désormais, Elie pouvait répéter avec sérénité :
— Je le tuerai !

Parce qu'il le ferait. Exactement, il prit sa décision alors qu'il était à mi-chemin de l'entresol, dans l'escalier, et que la porte de la chambre grenat s'entrouvrit derrière lui. Il ne se retourna pas. Il savait que Michel, tout nu, le regardait insolemment battre en retraite.

— Je le tuerai.

Et, une fois chez lui, il ajouta :
— Demain.

Après, peut-être retrouverait-il une certaine fierté de lui-même, et s'il ne la retrouvait pas tout au moins serait-il vengé.

Une personne, une seule au monde, saurait ce qu'il avait fait : Louise. Comprendrait-elle ?

C'était sans importance. Rien n'avait plus d'importance puisque c'était décidé. Déjà, il se sentait moins misérable.

Au lieu de penser au bien et au mal, à ceux qui n'ont rien et à ceux qui ont tout, il avait à penser à des choses précises, aux gestes qu'il ferait quand viendrait l'heure, pas le soir même, parce que c'était dimanche et que Michel sortait rarement le dimanche soir, mais le lendemain presque à coup sûr.

Ils durent être surpris dans la chambre grenat, de l'entendre redescendre, s'arrêter devant le porte-manteau de bambou et refermer derrière lui la porte de la rue. Il ne se tourna pas vers les fenêtres pour savoir s'ils étaient derrière le rideau à le regarder s'éloigner.

Peut-être Louise avait-elle peur qu'il parle à sa mère ? Elle ne se rendait sûrement pas compte que ce n'était pas elle qui comptait, que sa petite histoire était dépassée, que les comptes qu'Elie devait régler n'avaient plus rien à voir avec elle.

Ce qu'il s'agissait de savoir, c'était qui l'emporterait, de Michel ou de lui.

Et, tandis qu'Elie marchait dans les rues où les passants étaient rares, et où s'appesantissait le crépuscule, Michel lui-même perdait peu à peu sa personnalité.

L'important, en somme, c'était Elie et les autres, Elie et le monde, Elie et le destin. D'un côté il y avait lui, avec ses cheveux roux et sa tête de crapaud, ses deux œufs par jour, sa théière d'émail bleu et son pardessus qui faisait se retourner les gamins dans la rue, Elie qui s'était demandé pendant des années s'il existait une place pour lui quelque part et qui, quand il avait cru la trouver enfin, se voyait pousser dehors. De l'autre côté il y avait le reste, et c'était Michel qui jouait ce rôle-là.

Elie ne le haïssait pas. Il n'avait plus besoin de le haïr. Peut-être n'était-ce pas la faute du Roumain. Ce n'était certainement pas sa faute mais ce n'était pas la faute d'Elie non plus.

Il fallait qu'il se sauve lui-même. Il était indispensable qu'il y ait une justice.

Quand il rentra dans la maison, la nuit était tombée depuis longtemps et il fut surpris de voir Mme Lange, en grande tenue, le chapeau sur la tête, qui rallumait fébrilement du feu dans la cuisine.

— Où êtes-vous allé, monsieur Elie ?

Elle lui parlait d'un ton de reproche, comme s'il avait des comptes à lui rendre.

— Me promener.

Ce mot-là était si inattendu dans sa bouche, cela lui ressemblait si peu d'affronter le froid du dehors sans nécessité, qu'elle le regarda un moment sans rien trouver à répliquer :

— Vous avez laissé éteindre le feu, finit-elle par murmurer, et vous n'avez pas pensé à ma soupe. Quant à ma fille, elle n'a pas seulement eu l'idée de venir jeter un coup d'œil dans la cuisine. Quand elle est plongée dans un roman...

Les livres et les cahiers d'Elie étaient encore étalés sur la table de la salle à manger et Louise, qui avait repris sa place dans le fauteuil, évitait son regard sans savoir qu'il s'efforçait d'éviter le sien.

Elle lui faisait pitié, maintenant, et, en pensant à ce que Michel avait fait de son corps trop blanc, il ressentait même un certain dégoût.

Etait-ce possible que, quelques jours plus tôt, sa présence dans une pièce suffise à lui procurer un calme bien-être et qu'il ait envisagé comme une chose naturelle de passer son existence auprès d'elle ?

La chaleur, la lumière de la salle à manger n'étaient plus les mêmes et, pendant le dîner, Mme Lange lui apparut comme une étrangère qui, sans raison plausible, le traitait avec familiarité.

— Racontez-nous ce que vous avez fait de bon, monsieur Elie.

La maisonnée était au complet, sauf Stan, qui devait manger à son club.

Michel avait moins d'entrain que l'après-midi et, après avoir adressé des sourires restés sans réponse, à Elie, il l'observait avec une certaine inquiétude. Pas tout à fait de l'inquiétude, car il était incapable d'être inquiet. De la contrariété. De la perplexité. Elie ne réagissait pas comme il l'aurait voulu. Au lieu de jouer le jeu, d'être rouge et maladroit comme les derniers soirs, sans savoir où poser son regard, il semblait soudain plein d'assurance et ses yeux étaient fermes et froids.

— Je me suis promené, madame, je vous l'ai déjà dit.

— Tout seul ?

— Oui, madame.

— Vous en êtes sûr ?

— Il importe peu que vous le croyiez ou non.

— C'est sans doute la première fois de votre vie qu'il vous arrive d'aller dehors quand ce n'est pas indispensable. Est-ce que, par hasard, vous seriez amoureux ?

— Non, madame.

— Vous croyez ça, vous, mademoiselle Lola ?

— Moi, je ne m'occupe pas de ce que font les autres. C'est assez de m'occuper de moi-même.

Pendant trois ans, il avait participé à des conversations comme celle-ci, chaque soir, et il n'en était pas écœuré. C'était fini. Il ne faisait plus partie de la maison. C'était un peu comme si elle n'existait plus. Celle de Vilna aussi, quand il l'avait quittée, avait perdu tout à coup sa réalité et il avait peine à croire que l'hôtel meublé de Bonn, où il avait passé une année de sa vie, ne se soit pas dissous.

Autour de la table, personne ne s'en doutait. Quand, parfois le visage de Louise se crispait, c'était à l'idée qu'elle pourrait être enceinte, à moins que ce fût plus simplement à cause d'un tiraillement de sa chair meurtrie.

Quant à Michel, il croyait vivre et il était déjà presque mort. Tout ce qu'il pensait ne comptait plus. La roue tournait à vide. Peu importait ce qui adviendrait des autres et d'Elie lui-même.

— Vous ne trouvez pas, monsieur Elie?
— Quoi, madame?
— Vous n'avez pas entendu ce que j'ai dit? Je parlais de la santé. Je disais que M. Michel ne doit pas être faible de la poitrine.

Elie se tournait vers le Roumain, l'air indifférent.

— Je parie que vous n'avez jamais eu de bronchite, peut-être même pas de rhume de cerveau. Est-ce vrai? continuait-elle.

Et, à Elie :
— Traduisez.

Il le fit, mot à mot, d'une voix aussi nette que s'il avait été un juge qui lit son verdict au condamné.

— Qu'est-ce qu'il dit?
— Qu'il n'a jamais été malade.
— Je le pensais. Certaines gens ont de la chance.

Justement! C'est à cela qu'Elie avait envie de mettre bon ordre, il savait comment, il avait un plan dans la tête, qu'il continuait à mettre au point, au milieu d'eux; sans cesser d'entendre ce qu'ils disaient et de répondre lorsque c'était nécessaire.

L'arme était dans la pièce, dans le tiroir de gauche du buffet où Mme Lange gardait les objets qui avaient appartenu à son mari : un canif, des pipes cassées, une paire d'éperons, un revolver d'ordonnance et une boîte de cartouches. Pas plus que les autres meubles de la maison, ce tiroir-là ne fermait à clef et, tandis que le repas se poursuivait autour de lui, il arrivait à Elie de le fixer avec une sensation de bien-être.

Ce ne serait plus long. Il se demandait comment il avait pu attendre si longtemps, comment il avait pu être aveugle au point de ne pas découvrir une vérité aussi évidente.

La grande faute, c'était d'accorder l'impunité, parce qu'alors tout est faussé et que ce sont les innocents qui se prennent pour les coupables, qui deviennent coupables, au fond, par faiblesse.

Pendant huit jours, il s'était fait l'effet d'un voleur chaque fois qu'il s'agenouillait devant la porte de communication pour regarder Michel qui prenait cyniquement son plaisir et qui, pendant tout ce temps-là, le narguait.

— A quoi pensez-vous, monsieur Elie?
— Moi?

Tout le monde éclata de rire, tant il semblait revenir de loin.

— Vous aviez l'air féroce. On aurait dit que vous vous apprêtiez à vous battre.

Cela les faisait rire aussi.

— Ne soyez pas fâché. Je vous taquine. Je n'ai pas voulu vous faire de la peine.

Alors, avec l'impression de dire quelque chose de définitif, il déclara :

— Personne ne peut me faire de peine.

Qui sait? S'il avait été capable de pleurer, peut-être aurait-il éclaté en sanglots à ce moment précis, et, dès lors, tout aurait été différent.

Il ne savait pas pleurer. Ce fut Louise qui pleura, soudain, d'énervement, sortit de la pièce en se cachant le visage dans ses mains et alla se réfugier dans la cuisine.

-:-

Le matin, dans la mauvaise lumière de sa chambre, les choses lui parurent moins évidentes que la veille, mais puisque tout était décidé, il ne s'en inquiéta pas.

Il avait entendu Mme Lange se lever et partir pour la messe de six heures. Quelques minutes plus tard, il s'était levé, comme il s'était promis de le faire, car c'était le seul moment de la journée où il était sûr qu'il n'y aurait personne dans la salle à manger.

Il ne mit pas ses pantoufles, passa son pardessus sur son pyjama. Il n'avait jamais possédé de robe de chambre. Il n'eut pas besoin d'allumer, se dirigea à tâtons, ne fit pas un faux mouvement; sans aucun bruit, il ouvrit le tiroir, prit le revolver et les cartouches et remonta chez lui.

A cause du froid, il se recoucha, mais garda les yeux ouverts. S'il restait des détails qui n'étaient pas tout à fait au point, il n'était pas question de revenir sur le principe.

Cela l'aidait d'avoir à penser aux détails. Cela lui évitait de se laisser déprimer par le monde qui, ce matin-là, lui apparaissait comme un grand vide dans lequel il aurait été seul à se débattre sans savoir pourquoi il se débattait.

Pendant que Mme Lange, revenue de la messe, allumait son feu, par exemple, et alors que l'odeur familière du bois brûlé et du pétrole s'infiltrait par-dessous la porte, il lui arriva de penser :

— A quoi bon ?

Cela risquait de tout remettre en question ? Demain, après-demain, ou l'année suivante, ce serait à recommencer.

C'est pourquoi il s'efforçait de penser aux détails de son plan. Sa première idée fut de faire semblant de s'en aller dès le matin. Il pouvait rendre son départ plausible. Pendant que Mme Lange ferait les chambres, par exemple, il irait ouvrir la porte de la rue et resterait un moment sur le seuil. Ce serait pendant qu'elle faisait la chambre de Stan, sur le derrière de la maison.

Il monterait en courant pour lui annoncer :

« Il faut que je parte tout de suite. Je viens de recevoir un télégramme m'annonçant que mon père est mourant. »

Il n'aurait pas de télégramme à la main. Il lui suffirait de faire mine de l'avoir fourré dans sa poche. Quand on leur parle d'un mourant ou d'un mort, les gens n'osent pas poser de questions, encore moins se montrer méfiants. Cela lui donnait tous les droits.

Il ferait sa valise. Elle l'aiderait. Elle n'avait aucune raison de toucher au pardessus, dans la poche duquel serait le revolver.

Il prendrait le tram jusqu'à la gare où il laisserait ses bagages à la consigne et il attendrait le soir, n'importe où, dans un endroit où il ne risquait pas de rencontrer des gens qu'il connaissait.

Quant à son vrai départ, il aurait lieu par le train de nuit, qui passait à Liège à onze heures quarante-cinq. Il prendrait un billet pour Berlin, descendrait à Cologne, où il trouverait une correspondance pour Hambourg. Il avait souvent rêvé de Hambourg, parce que c'est un grand port et qu'il n'avait jamais vu de port. Il n'avait même jamais vu la mer.

Il mangea son œuf comme les autres matins,

oublia de faire attention à Louise, ne pensa pas que Michel, comme d'habitude, dormait encore dans la pièce voisine.

Son idée n'était pas bonne, il le découvrit un peu plus tard alors qu'il travaillait dans la salle à manger. Il valait mieux que l'histoire du télégramme se passe après qu'avant. D'abord, parce que, la nuit, ce serait plus facile. Ensuite parce que rien ne prouvait que Michel sortirait ce soir-là.

Il pensa à beaucoup d'autres choses. L'après-midi, il se rendit à la bibliothèque et garda son pardessus sur le dos parce que le revolver était dans la poche et qu'il n'osait pas le laisser au portemanteau.

Même avec la nuit qui tombait, les heures qui passaient, la chaleur dont il était enveloppé, il ne retrouvait pas son exaltation et il lui semblait qu'il n'avait jamais été aussi calme de sa vie.

En regardant l'horloge de la bibliothèque, à quatre heures et demie, il eut juste un malaise. C'était le moment, où les autres jours, il s'en allait bon gré mal gré pour aller coller son œil à la serrure et il fut tenté de le faire une dernière fois. Étrangement, il souffrit de penser qu'ils étaient tous les deux dans la chambre et qu'il n'était pas là pour les regarder.

Ce n'était pas de la jalousie. Il ne voulait pas être jaloux. Depuis la veille, tout était clair et il ne se permettait pas de remettre ses idées en question.

Ce fut un mauvais moment à passer, simplement. Il suivait la course des aiguilles sur le cadran, imaginait Mme Lange qui chargeait son poêle et réglait la clef avant de partir, puis qui trottinait le long des maisons, et pénétrait dans la grande église pleine de prières.

Il voyait Louise se lever comme à un signal, se diriger vers la porte de communication où, avec l'air de ne penser à rien, elle prenait place au bord du lit.

A cinq heures et demie, son malaise se dissipa, parce que c'était fini, Mme Lange était rentrée et il put à son tour se précipiter dans la rue. Il passa devant la place qu'il avait choisie, la palissade du terrain vague, non pas à cause du souvenir que cet endroit lui rappelait, non par une sentimentalité qui aurait tout gâché, mais parce que c'était réellement une sorte de point stratégique.

D'abord, le coin était presque toujours désert. Ensuite, à moins de vingt mètres, commençait un réseau de rues étroites dans lequel il lui serait facile de s'enfoncer sans crainte d'être suivi.

Sa première idée avait été d'attendre Michel au milieu du pont que tous les locataires empruntaient pour aller en ville et en revenir et sur lequel, après une certaine heure, il ne passait presque personne. Puis il avait pensé que l'eau est un bon conducteur du son. La détonation ferait plus de bruit qu'ailleurs et il risquait qu'on l'entende aux deux bouts du pont.

C'était dommage. Il y avait du brouillard. Il se devait d'éviter tout romantisme. Il ne fallait pas que cela puisse ressembler à un drame passionnel.

Pendant le dîner, il annonça :

— Je dois sortir pour aller voir mon professeur.

Comme Mme Lange ne disait rien, il se demanda si elle avait entendu et faillit répéter sa phrase. Il valait mieux ne pas le faire. D'ailleurs, trois ou quatre minutes plus tard, elle montra qu'elle avait entendu.

— Quand est-ce que votre thèse sera prête ?

— Je ne sais pas. Peut-être dans un an.

Il éprouva le besoin d'ajouter :

— Peut-être jamais.

— Vous savez bien que vous réussirez. Vous travaillez assez pour le mériter. Et, vous, vous en avez besoin.

Tandis que Michel n'en avait pas besoin !

A quoi bon se préoccuper de ce qui se disait à table ? A quoi bon les regarder les uns après les autres comme si des fils le reliaient encore à eux ?

Il était déjà parti. Il s'en allait. Il fallait qu'il soit dehors avant Michel, si celui-ci se décidait à sortir. Rien, jusqu'ici, ne laissait supposer qu'il avait l'intention de rester à la maison.

Mme Lange le rappela alors qu'il était au bout du corridor.

— Monsieur Elie !

— Oui, madame.

— Vous ne voulez pas mettre une lettre à la poste ? Vous passez devant.

N'aurait-il pas pu y voir un signe ? Elle lui donnait, sans le savoir, une explication plausible pour le télégramme, qui jusque-là avait été le point le plus faible. La poste centrale se trouvait juste après le pont et restait ouverte toute la nuit. Ce serait une malchance si, dans un des paniers à papiers, il ne trouvait pas un télégramme froissé. Des gens en reçoivent tous les jours à la poste restante et ne les emportent pas nécessairement avec eux.

Il devait faire vite, pour être de retour à temps dans le renfoncement de la palissade.

Il n'y avait plus besoin de penser, seulement d'agir comme une mécanique.

C'était le plus facile. La douloureuse période de gestation était passée, celle de la décision aussi.

Il traversa le pont, n'eut besoin de regarder que dans deux paniers à papiers, comme quelqu'un qui a jeté quelque chose par mégarde, pour trouver un télégramme qui disait :

« *Arrive demain huit heures. Baisers. Lucile.* »

Il ne sourit pas mais faillit le faire. Et, juste au moment où il sortait du bureau de poste, il aperçut

Michel qui se dirigeait vers le centre de la ville.

Maintenant, il était obligé d'attendre son retour. Toutes les rues ici étaient éclairées, les passants assez nombreux. Michel ne le vit pas et il put le suivre à distance.

Dans la rue principale, la plupart des maisons étaient des cafés ou des brasseries et Michel entra dans un établissement très éclairé, aux tables de marbre, où des étudiants buvaient de la bière au-dessous d'une nappe de fumée.

Le plus difficile, pour Elie, était maintenant de rester dans le froid pendant une heure, peut-être deux ou davantage, sans se laisser écœurer. Le brouillard l'aida, qui déformait les lumières et la silhouette des passants, donnait à la ville un aspect irréel.

De temps en temps, il s'approchait des grandes vitres de la devanture et pouvait voir Michel attablé avec deux jeunes gens. Tous les trois bavardaient en fumant des cigarettes. Michel ne buvait pas de bière, mais un petit verre de liqueur jaunâtre.

Il lui arriva plusieurs fois de rire. Peut-être leur racontait-il ce qui s'était passé la veille et leur parlait-il d'Elie, de la tête qu'il devait faire de l'autre côté de la porte ?

Sur un seuil, un peu plus loin, deux amoureux étaient blottis dans l'ombre et restèrent immobiles près d'une heure avant de s'éloigner sans un mot vers un tram où la femme fut seule à monter, tandis que l'homme, debout sur le trottoir, la regardait partir.

L'humidité était froide. Elie commençait à avoir mal à la gorge et cela le tracassa car, quand il attrapait une angine, il en avait pour des semaines à guérir.

A dix heures et quart, enfin, les trois jeunes gens se levèrent. C'est Michel qui paya. C'est lui qui, sur le trottoir, marcha au milieu des deux autres. Ils avaient fait provision de chaleur et ils ne se pressaient pas, insensibles au froid, l'un des trois gardait même son pardessus ouvert.

Elie prit un raccourci à droite pour gagner plus vite le pont et, quand il le franchit, le brouillard était si épais au-dessus du fleuve que les becs de gaz n'étaient plus que des disques jaunes sans rayons.

Il marchait rapidement, ayant hâte d'atteindre la palissade, hâte que ce soit fini.

Il se colla dans l'encoignure, à l'endroit où Michel y était adossé le soir qu'il tenait Louise dans ses bras. On ne pouvait pas le voir en arrivant. Ce n'était qu'à deux mètres de lui qu'on avait une chance de le découvrir, et seulement si on tournait la tête de son côté.

Là-bas, au carrefour, où Michel quittait ses amis, ils étaient sans doute à bavarder en attendant de se serrer la main. Ce fut long. Un quart d'heure s'écoula.

Puis, soudain, ce furent les pas de Michel qui retentirent sur le trottoir. Elie tira son revolver de sa poche, s'assura que la sûreté était enlevée. Il n'y pouvait plus rien. Il était obligé de le punir. Ce n'était plus une affaire entre lui et Michel. C'était une question de justice. Les pas étaient rapides, comme enjoués. Il avait l'impression que le jeune homme fredonnait, il n'en était pas sûr, car ses oreilles s'étaient mises à bourdonner.

Elie avait décidé d'attendre la dernière seconde, de ne tirer qu'à bout portant afin de ne pas rater son coup.

Il vit surgir une silhouette, un visage, s'avança d'un pas, se trouva près de Michel, si près qu'il faillit ne pas pouvoir étendre le bras.

Il tira tout de suite et ce ne fut pas exprès qu'il visa le visage. En réalité, il ne visa pas. Ce fut

comme si l'arme éclatait au bout de son bras qui
reçut une secousse. En même temps, la bouche, le
menton de Michel disparaissaient, n'étaient plus
qu'une sorte de trou noir et rouge. Le Roumain ne
tombait pas immédiatement, le regardait, à la fois
surpris et implorant, comme s'il était encore temps
de faire quelque chose pour lui.

Il finit par s'affaisser, tournant sur lui-même et
son crâne résonna sur les pavés du trottoir.

Elie n'avait pas bougé. Il oubliait de s'enfuir.
Il faillit oublier aussi une partie essentielle de son
plan.

Pour payer son train, il avait besoin de plus
d'argent qu'il en possédait et il trouverait de l'argent dans le portefeuille de Michel. En outre, en
lui enlevant ses papiers d'identité, il retarderait le
moment où la police irait sonner chez Mme Lange.
Ce fut le plus pénible. Il se pencha, s'agenouilla
presque, comme il le faisait derrière la porte, glissa
sa main dans le veston et sentit le cœur qui battait, entendit un bruit étrange, comme un glouglou dans la gorge de Michel, crut voir ses prunelles qui bougeaient et, le portefeuille à la main, il
se mit à courir.

Il se perdit dans le dédale des ruelles, en émergea
à un endroit qu'il ne reconnut pas et dut faire un
grand tour avant de retrouver la maison où il n'y
avait plus de lumières.

Il monta tout de suite au second étage, se
trompa de porte. La voix de Louise questionna
dans l'obscurité :

— Qui est-ce ?

Mme Lange était dans son lit, elle aussi. Elle
n'alluma pas immédiatement. Il eut le temps de lui
dire d'abord ce qu'il avait décidé de dire.

— A quelle heure avez-vous un train ?
— Dans trente-cinq minutes.
— Je vais vous aider à faire votre valise.

Il la vit en chemise, les cheveux sur des bigoudis, entendit encore la voix de Louise :

— Qu'est-ce que c'est, maman?
— M. Elie qui doit partir. Son père est mourant.

Quelques minutes plus tard, sa valise à la main, il marchait à grands pas vers la gare et, en traversant le pont, lança le revolver dans le fleuve, comme il l'avait prévu.

Il ne pensait plus à Michel, seulement au train qu'il ne fallait rater à aucun prix.

DEUXIÈME PARTIE

LE PROPRIÉTAIRE
DE CARLSON-CITY

CHAPITRE PREMIER

L'APPARTEMENT 66

L A SONNERIE DU téléphone interrompit si violemment le silence que ceux mêmes qui étaient dehors l'entendirent; certains tournèrent lentement la tête, mirent le nez à la vitre pour regarder dans l'ombre du hall. Elie, occupé à aligner des chiffres, jeta un coup d'œil machinal au standard, changea une fiche de place, décrocha le récepteur.

— Carlson-Hôtel écoute, prononça-t-il comme quelqu'un qui a répété ces mots-là pendant des années.
— Ici, Craig.
Il y eut une pause et Elie savait déjà ce qui allait suivre.
— Elle n'est pas arrivée?
— Personne, monsieur Craig.
— Pas de message?
— Je vous aurais averti.

Il y avait trois jours que Harry Craig, le directeur de la mine, téléphonait toutes les trois ou quatre heures et il n'était pas le seul de Carlson-City à s'impatienter.

Gonzalès, qui cumulait maintenant les fonctions de portier, de bagagiste et de chasseur se leva de son banc, près de l'ascenseur, où il lisait un illustré, et traversa le hall vide et sonore cependant que ses pas éveillaient les mêmes échos que dans une église. Pour apercevoir Elie, il devait s'approcher du haut comptoir de la réception derrière lequel celui-ci était assis à une table, avec le standard téléphonique en face de lui, les casiers pour les clefs et le courrier des voyageurs à portée de sa main droite.

Les gestes lents, le corps engourdi, Gonzalès s'accouda des deux bras, parla d'une voix si paresseuse que les syllabes étaient à peine distinctes.

— Qu'est-ce qu'il dit?
— Qui?
— Craig.
— Il ne dit rien. Il attend.
— Vous y croyez, vous?

Elie, à nouveau plongé dans ses chiffres, n'écoutait plus et Gonzalès le regarda faire pendant un certain temps, soupira, se gratta le nez, retourna à son banc où il reprit son illustré d'un air résigné.

L'horloge, au-dessus de la réception, marquait dix heures dix et Manuel Chavez, le gérant, n'était pas encore descendu de son appartement. Il s'était contenté de téléphoner vers huit heures et demie, peu après l'arrivée du courrier. Elie avait compris à sa voix qu'il était encore au lit.

— Rien de nouveau?
— Rien, monsieur Chavez.

Une demi-heure plus tard, sa femme s'était fait brancher sur les cuisines pour commander leur petit déjeuner.

Les jeunes mariés du Vermont, arrivés la veille au soir, étaient descendus dans la salle à manger où ils s'étaient trouvés seuls et, mal à l'aise, oppressés par le vide et le silence de l'hôtel, ils étaient venus

payer leur note, avaient continué leur route vers le
Mexique après avoir fait le plein d'essence.

Des quarante chambres de l'hôtel, il n'y en avait
plus que cinq d'occupées, toutes les cinq par des
gens qui travaillaient pour la compagnie. Ils attendaient, eux aussi. Deux d'entre eux avaient
annoncé qu'ils s'en iraient à la fin de la semaine
s'il n'y avait pas du nouveau. Tout le monde disait
ça, y compris Chavez qui n'en savait pas plus que
les autres et Harry Craig qui, dans les bureaux, un
peu plus bas dans la rue, n'essayait plus de retenir
ceux qui voulaient partir.

Trois mois plus tôt, rien que pour ce qui était de
l'hôtel, la moitié des chambres étaient louées, parfois elles l'étaient toutes et la livrée, dans le hall,
se composait de quatre à six personnes, du matin
au soir la plupart des fauteuils de cuir noir, au
pied des colonnes, étaient occupés et, à l'heure de
l'apéritif il était presque impossible de s'approcher
du bar.

On aurait dit, maintenant, que la ville se mou-
rait. Les sirènes ne déchiraient plus l'air pour annoncer les changements d'équipes, les wagonnets
qui, à certains endroits, passaient au-dessus des
rues, suspendus à des câbles, étaient immobilisés
près des pylônes et les quatre grandes cheminées
de fours au bout de la vallée, n'étaient plus cou-
ronnées de fumée verdâtre.

C'était arrivé du jour au lendemain, quand les
machines qui, depuis vingt ans, défonçaient la terre
rouge de la montagne où elles avaient fini par
creuser un gigantesque cratère, avaient mis à jour
un lac souterrain dont nul n'avait soupçonné
l'existence. Harry Craig, à la fois ingénieur-chef
et directeur de la mine, avait aussitôt téléphoné au
grand patron, Lester Carlson, qui se trouvait à New
York. Celui-ci, sans s'émouvoir, s'était contenté de
répondre, comme s'il pensait à autre chose :

— Je verrai ça. En attendant, faites pour le mieux.

Craig, haletant, essayait d'expliquer à son interlocuteur assis dans son appartement de Park Avenue qu'il était impossible de continuer l'exploitation dans l'état actuel, qu'il y avait d'importantes décisions à prendre, que l'assèchement éventuel du lac posait des problèmes qui...

— Nous verrons, Harry. Je vous appellerai dans quelques jours.

Craig ne comprenait pas son indifférence et, ne comprenant pas lui-même, que pouvait-il expliquer à ses sous-ordres? Les contremaîtres n'étaient pas loin de se figurer qu'il en savait davantage et leur cachait la vérité.

— On abandonne?

C'était arrivé ailleurs, ici, en Arizona, et dans le New-Mexico, et aussi au Mexique, de l'autre côté de la chaîne de montagnes qui barrait l'horizon. Un peu partout on trouvait des mines abandonnées, que ce fussent des mines d'argent ou des mines de cuivre comme celle-ci, la végétation reprenait possession de ce qui avait été des rues, des maisons restaient debout, vides et inutiles, des poteaux indicateurs se dressaient encore au bord de routes qui ne conduisaient nulle part.

La plupart du temps, cela venait de ce que la teneur en minerai n'était pas assez forte pour payer les frais d'exploitation. D'autres fois, la veine était épuisée.

Les ouvriers mexicains, qui retournaient chaque samedi dans leur pays, avaient été les premiers à ne pas revenir puisqu'il n'y avait plus de travail pour eux, et ils erraient dans les vallées, cherchant de l'embauche dans les ranchs. D'autres, des Américains, souvent des spécialistes, étaient allés tenter leur chance ailleurs.

Ceux qui possédaient leur maison dans le quartier résidentiel, de l'autre côté de l'arroyo, et qui étaient mariés pour la plupart, qui avaient une famille, passaient la plus grande partie de leur temps à proximité des bureaux où ils formaient des groupes silencieux.

— Qu'est-ce qu'il a décidé ?
— On ne sait pas. On ne sait même plus où il est. Il a quitté New York.

Lester Carlson devait avoir cinquante-cinq ans. Il avait reçu cette mine-là en héritage de son père en même temps que quelques autres aux États-Unis et au Canada. Il possédait aussi un ranch de quinze mille hectares à une vingtaine de kilomètres de Carlson-City et, avant son mariage, il lui arrivait de venir y passer un mois ou deux, d'y amener jusqu'à trente ou quarante invités pour lesquels il frêtait un avion spécial.

Il restait cinq mille personnes environ autour de l'hôtel, qui toutes dépendaient de lui et qui, chaque jour, demandaient des nouvelles.

Faute de pouvoir joindre à nouveau le grand patron au téléphone, Craig lui avait envoyé télégramme sur télégramme. La seconde semaine, il s'était décidé à faire le voyage de New York mais, Park Avenue, il avait trouvé l'appartement fermé.

Ce n'est qu'à son retour, par hasard, en parcourant les potins mondains dans un journal, qu'il avait eu une explication.

« *Dolly Carlson, l'ancienne danseuse de cabaret qui a épousé Lester Carlson, le magnat des mines de cuivre, est à Reno pour obtenir son divorce. Les avocats s'efforcent de part et d'autre de mettre au point un arrangement financier. Le mariage a eu lieu en Californie, voilà huit ans, sous le régime de la communauté des biens.* »

Après de longues discussions, Craig avait obtenu de la banque locale les fonds nécessaires pour payer ceux des techniciens auxquels il tenait particulièrement et pour soutenir les ouvriers chargés de famille qui ne se résignaient pas à partir à l'aventure.

Chavez aussi, le gérant de l'hôtel, était livré à sa propre initiative et avait renvoyé plus de la moitié du personnel.

« *Au moment où le décret du divorce Carlson allait être signé, de nouvelles exigences de Dolly Carlson ont remis les accords en question et les avocats sont à nouveau sur les dents.* »

Il leur avait fallu deux mois et demi pour se mettre d'accord, pendant lesquels Carlson-City s'était vidé chaque jour un peu plus. On était en mai. Le thermomètre, à la porte de l'hôtel, oscillait, selon les heures, entre 32° et 45°. Les immenses ventilateurs, au plafond, tournaient sans bruit, jour et nuit.

Le matin, le hall était presque frais, car le soleil donnait de l'autre côté de la rue, où, juste en face, le vieux Hugo se balançait lentement dans son rocking-chair entre le comptoir de cigares et l'étal de journaux et de magazines. Sauf quand le soir il baissait les volets de fer, rien ne séparait sa boutique du trottoir. C'était plutôt une sorte de porche, sans devanture, sans vitrine, où chacun, en ville, s'arrêtait à un moment ou à un autre de la journée.

Hugo, qui pesait plus de cent vingt kilos, ne se levait pas pour servir ses clients. Ceux-ci prenaient eux-mêmes ce dont ils avaient besoin, s'approchaient de lui et il fourrait monnaie et billets dans les poches de son vaste pantalon de toile jaunâtre.

Il acceptait les paris pour les courses, saisissait parfois un téléphone placé à portée de sa main pour les transmettre. Dieu sait où, à un bookmaker à qui il était affilié. Un gamin de couleur, à l'entrée, cirait les chaussures, et c'était lui que Hugo envoyait de temps en temps aux nouvelles à l'hôtel.

— Elle n'est pas arrivée ? Elle n'a pas téléphoné, ni télégraphié ?

Dix hommes, quinze hommes selon l'heure, étaient adossés aux fenêtres du hall, dehors, à ne rien faire qu'à fumer et à cracher devant eux, vêtus plus ou moins de la même manière d'un pantalon de toile bleue et d'une chemise blanche, les Mexicains coiffés de chapeaux de paille, les Américains d'un feutre de cow-boy.

Mac, le barman, avait coupé les crédits et restait presque toujours seul dans son bar à écouter une petite radio.

Elie avait pris son service à huit heures du matin, ne finirait qu'à huit heures du soir, quand le réceptionniste de nuit viendrait le remplacer. La semaine suivante, il ferait la nuit à son tour. Avant, ils étaient trois à se relayer, mais le troisième avait trouvé une place dans un hôtel de Tucson.

Chavez descendit enfin, non par l'ascenseur, mais par l'escalier, car son appartement était au premier étage. Il portait comme chaque matin un complet blanc frais repassé, son visage était rasé de près, ses fines moustaches comme dessinées à l'encre.

Lui aussi vint s'accouder au comptoir de la réception, à regarder vaguement Elie qui travaillait.

— Je suppose qu'il n'y a rien de nouveau ?
— Rien, monsieur Chavez.
— Je me demande si cela vaut la peine de remplacer les fleurs de l'appartement.

Alors que les maisons de la ville n'avaient qu'un ou deux étages, souvent un simple rez-de-chaussée, l'hôtel, construit quarante ans plus tôt par le père Carlson, le fondateur de la mine, était un bâtiment en brique de six étages. Le sixième, en retrait, était entouré d'une terrasse et c'était là que le vieux Carlson avait son appartement quand il venait à Carlson-City. Ce n'était que beaucoup plus tard, quelques années avant sa mort, qu'il avait acheté le ranch dont il n'avait pour ainsi dire pas profité.

Son fils, lui aussi, avait souvent occupé l'appartement qui portait le numéro 66.

Or, trois jours plus tôt, un télégramme était arrivé, non de Reno, mais de New York, qui disait :

« *Préparez appartement 66.* »

C'était signé : « *Dolly Carlson.* »

Craig n'avait été averti de rien. On n'avait pas compris tout de suite. On avait fait des suppositions jusqu'à ce que Mac, le barman, apporte la clef de l'énigme.

— Dites donc ! Le divorce est accordé et il paraît que les papiers sont signés. On vient de l'annoncer à la radio.

— A qui appartient la mine ?

— On dit seulement qu'ils se sont partagés les propriétés.

Quand Craig avait téléphoné une fois de plus à Park Avenue, une voix inconnue lui avait répondu :

— M. Lester Carlson a pris hier soir l'avion pour l'Europe.

La ligne de soleil, dans la rue, gagnait peu à peu sur l'ombre et, tout à l'heure, au début de l'après-midi, il faudrait baisser les stores vénitiens, les ventilateurs ne brasseraient plus que de l'air chaud.

Comme la plupart des habitants de Carlson-City, sauf Chavez, le seul à porter des complets blancs immaculés, Elie travaillait sans veston, les manches de sa chemise retroussées sur ses avant-bras couverts de taches de rousseur et de poils clairs, cependant, parce qu'il était à la réception, il avait toujours une cravate.

— Je fais peut-être quand même mieux de mettre des fleurs fraîches.

Personne, ici, n'avait jamais vu Dolly Carlson de qui, semblait-il, la vie de Carlson-City dépendait désormais. Si elle n'avait pas reçu la mine dans son lot, pourquoi aurait-elle télégraphié de préparer le 66 ?

Chavez venait à peine de s'éloigner pour se rendre chez le fleuriste, à deux portes de l'hôtel, que le téléphone sonnait :

— Carlson-Hôtel écoute.
— Ici, Craig.

Sa voix était plus excitée que tout à l'heure.

— Manuel est là ?
— Il sort à l'instant. Il se rend chez le fleuriste. Il n'en a pas pour longtemps.
— C'est vous, Élie ? Demandez-lui de m'appeler dès qu'il rentrera.
— Il y a du neuf ?
— Peut-être.

Élie aussi dépendait à présent d'une femme dont il ne savait rien, sinon que, dix ans plus tôt, elle faisait courir tout New York. Comme tant d'autres depuis plus longtemps que la plupart, depuis dix-sept ans, il avait sa maison ici, une maison blanche, en bois, entourée d'une large véranda, à l'endroit le plus frais de la colline, de l'autre côté de l'arroyo.

Le quartier des affaires et le quartier résidentiel se faisaient face, tous les deux en pente, et, du seuil de l'hôtel, Élie pouvait voir son propre toit.

Quand le téléphone sonna, c'était pour lui, une voix de femme, la sienne, Carlotta, qui demandait avec un fort accent mexicain :

— Elle est arrivée ?
— Pas encore.
— Elle n'a pas donné de nouvelles ?
— On ne sait toujours rien.

Gonzalès quitta son banc près de l'ascenseur pour aller répéter aux hommes, adossés dehors à la devanture :
— Toujours rien.
Quelqu'un, pourtant, savait quelque chose. Quand Chavez revint, Elie lui dit :
— Craig demande que vous l'appeliez.
— Il y a des nouvelles?
Cette phrase-là, on l'avait entendue jusqu'à l'écœurement depuis trois mois au point qu'on avait une sorte de pudeur à la prononcer encore. Certains ne le faisaient qu'en touchant du bois, ou en croisant les doigts.
— Il ne me l'a pas dit.
— Passez-le-moi.
Il y avait un appareil sur le comptoir. Elie composa le numéro, enfonça sa fiche dans un des trous du standard.
— Il est au bout du fil.
— Allô, Harry? Ici, Manuel... Comment?... Oui... Oui... J'entends bien... Qui?... Le régisseur?... Et il ne sait pas si elle va venir ici?... Je ne comprends pas, non... Quand?... Cette nuit?... Je vais l'appeler... Il n'y a que cela à faire... Je ne vois pas de raison pour ne pas lui demander d'instructions... Mais si! Je ne lui dirai pas comment je l'ai appris... Quelqu'un a pu l'apercevoir et en parler en ville... Oui... Tout de suite.
Il raccrocha, les sourcils froncés, l'air assez impressionné, annonça à Elie :
— Elle est ici.
— Où?
— Au ranch. Elle est arrivée cette nuit en voiture avec son chauffeur, sa femme de chambre et sa secrétaire. Craig vient de l'apprendre par le régisseur. Personne ne l'attendait. On n'a su qui elle était que grâce aux photographies parues dans les journaux.

— Elle ne compte pas descendre ici ?
— C'est ce que j'ai besoin de savoir. Je vais lui téléphoner. Passez-moi le ranch.

Chavez prit le récepteur.
— Allô !... Allô !...

Quelqu'un avait décroché, mais il semblait soudain qu'il n'y avait plus personne au bout du fil. Au bout d'un certain temps, pourtant, il entendit une voix de femme.

— Madame Carlson ?... Je vous entends mal... Sa secrétaire ?... Est-il possible que je parle à Mme Carlson ?... Oui... Je comprends... je m'excuse d'avoir insisté. D'ici une heure ou deux ?... C'est au sujet de l'appartement que j'ai reçu l'ordre de réserver... Au Carlson-Hôtel... Non... Il ne s'est présenté personne...

Il écoutait, surpris, en jouant machinalement avec des allumettes, tandis qu'Elie ne le quittait pas des yeux et que Gonzalès, de loin, l'observait aussi.

— Je vous demande pardon... Je ne savais pas... Mais non !... Je n'ai reçu aucune autre instruction... Je vais attendre... d'accord... Oui... Je vous remercie, mademoiselle...

Il s'épongea le front, dérouté, ne donna aucune explication à Elie à qui il se contenta de commander :

— Appelez-moi Craig. En vitesse.

Il allumait nerveusement une cigarette.
— Harry ? Je viens de téléphoner au ranch... Non ! Je n'ai pas pu lui parler personnellement, parce qu'elle est sortie à cheval avec le régisseur voilà une demi-heure... J'ai eu sa secrétaire à l'appareil... Elle m'a demandé si le nouveau propriétaire était arrivé, a prononcé un nom que je n'ai pas compris et que je n'ai pas osé lui faire répéter... Le nouveau propriétaire, oui... Ce sont ses propres termes... Elle ne m'a pas donné de détails mais, à ce

qu'il paraît, la mine est vendue... Je ne sais rien
d'autre... Elle était surprise qu'il ne soit pas encore ici...

Il se tourna vers la rue tandis qu'Elie se levait, se
penchait par-dessus le comptoir pour regarder aussi
et que Gonzalès se dirigeait vers la porte avec une
agilité retrouvée. Les hommes, dehors, d'un même
mouvement, venaient de se tourner vers le haut de
la rue et on les sentait tout à coup excités, il passait,
dans l'air, comme un courant électrique tandis
qu'une grosse auto couverte de poussière apparaissait enfin, glissant sans bruit, et venait se ranger le
long du trottoir.

Tout le monde avait déjà remarqué que la plaque
portait un numéro d'immatriculation de l'Etat de
New York.

Avant que Gonzalès ait pu intervenir, un chauffeur en livrée noire avait sauté de son siège et ouvert la portière. Un homme grand et fort, d'une
quarantaine d'années, tête nue, les cheveux blonds
et le teint rose, sortait le premier et, derrière lui, un
personnage mince et sec, plus petit, qui regardait
sans rien dire autour de lui, traversait le trottoir
à pas vifs et pénétrait dans le hall de l'hôtel.

— Je crois que c'est lui, Harry, disait Chavez
au téléphone au moment où les nouveaux venus
entraient. Je te rappellerai.

Le chauffeur, dehors, sortait les bagages de la
malle arrière. Le gérant se précipitait vers les deux
hommes.

— Je suppose que c'est pour vous, messieurs,
que Mme Carlson a retenu le 66?

Le plus grand répondait :

— Certainement.

— Si vous voulez remplir votre fiche, je vais vous
conduire à votre appartement.

Elie, sans savoir ce qu'il faisait, poussa le bloc

de fiches vers le voyageur, oublia de lui tendre la
plume, que l'homme dut prendre lui-même.

Il y avait des années qu'Elie portait des verres
épais sans lesquels il était incapable de lire. Mais,
de loin, au lieu de l'aider, les lunettes troublaient
les images.

Le regard fixé sur le plus petit des deux hommes,
il les retira et les lignes du visage se précisèrent, un
flot de sang lui monta au visage tandis que ses gros
yeux semblaient lui sortir de la tête. Il ne bougea
pas, ne dit rien. Le reste du monde cessa d'exister.
Il n'eut même plus conscience de la partie du globe
sur laquelle il se trouvait. Il n'y avait plus de temps,
plus d'espace.

Vingt-six années venaient de sombrer cependant
que, les prunelles écarquillées, les oreilles bourdon-
nantes, il regardait Michel qui le regardait.

Elie, avec les années, avait grossi. Il était devenu
gras. Ses cheveux s'étaient éclaircis sur le sommet
du crâne, surtout aux tempes, étaient devenus encore plus crêpus, d'une couleur indéfinissable qui tenait le milieu entre le roux et le gris.

Michel l'avait reconnu quand même, il en était
sûr, comme lui-même l'avait reconnu. Et Michel
n'avait pas tressailli. Un instant, ses sourcils sombres s'étaient froncés. Un léger étonnement s'était
marqué sur son visage et peut-être était-ce un léger
sourire, mais peut-être aussi une grimace, qui avait
étiré ses lèvres.

On ne pouvait pas savoir, car toute une partie
de ce visage-là n'était plus la même qu'autrefois.
Le front et les yeux restaient intacts; tout le bas,
le nez, la bouche, le menton, semblaient faits d'une
autre matière, cireuse, moins mobile, indépendante
des muscles, dans laquelle on percevait des coutures
à demi effacées.

Sans ses lunettes, Elie ne vit rien sur la fiche du
premier voyageur, que des lignes indistinctes, et

maintenant Michel s'approchait, l'air naturel, saisissait la plume, écrivait à son tour, sans un mot.
— Vous n'êtes que deux? demandait Chavez, obséquieux. Je suppose que vous avez faim?
Le grand regarda Michel qui hocha la tête et ce fut le grand qui répondit :
— Pas maintenant.
— Vous ne désirez pas boire quelque chose?
On assista au même jeu. Après quoi, Michel jeta encore un coup d'œil à Elie, sans appuyer, et se dirigea vers l'escenseur. Chavez monta avec eux, ainsi que Gonzalès avec les bagages, de sorte qu'Elie se trouva seul un instant dans le hall, oscillant comme un navire en haute mer, la porte s'ouvrit, trois ou quatre hommes entrèrent, puis d'autres qui s'encourageaient mutuellement.
— C'est lui?
Il ne les entendait pas, ne pensait pas à leur répondre. Mac surgissait de son bar.
— C'est le nouveau patron? Lequel des deux? Le petit, je parie!
Les paupières d'Elie battaient, toujours un peu rouges, et il remit machinalement ses lunettes, se pencha sur ses fiches.
Mickaïl Zograffi, Hôtel Saint-Regis, Fifth Avenue, New York.
Il n'était pas surpris. Sur le moment, il avait reçu un choc qui, pendant quelques secondes, avait suspendu la circulation du sang dans ses veines.
Depuis vingt-six ans, il savait que cette minute-là arriverait un jour. Déjà, certain soir de décembre, alors qu'il s'éloignait d'une palissade au pied de laquelle un corps était étendu, étrangement plié en deux, il avait eu le pressentiment, la quasi-certitude que l'homme vivrait.
Il revoyait, il n'avait pas cessé de revoir le haut du visage, les yeux surtout qui le regardaient d'un air à la fois surpris et suppliant, alors que le reste,

à partir du nez, n'était qu'un trou sombre d'où saillaient des dents.

Etait-ce que, à cet instant-là, Michel ne lui demandait pas en grâce de l'achever ? Il avait compris, avait failli le faire, tirer un second coup, dans la poitrine, par exemple, à l'endroit du cœur, non pour sa propre sécurité, parce que Michel savait, mais par pitié, afin qu'il ne continue pas à souffrir.

Il n'avait pas pu. Et, pendant qu'il prenait le portefeuille dans la poche du veston, il était incapable de regarder, détournait la tête avec l'impression que, s'il restait davantage, il allait s'évanouir.

Ce qui s'était passé par la suite, il ne l'avait jamais su. A Hambourg, où il était arrivé le lendemain alors que le fleuve charriait des blocs de glace, on ne trouvait pas de journaux belges et les journaux allemands ne parlaient pas du drame qui s'était déroulé à Liège.

Pendant trois ans, il s'était attendu chaque jour à être arrêté et ce n'est que beaucoup plus tard, six ans après avoir quitté Liège, que, de New York, par une lettre tapée à la machine, dans laquelle il avait glissé un dollar pour la réponse, qu'il avait demandé à un journal de Liège de lui envoyer un numéro du 5 décembre 1926.

Il n'avait jamais rien reçu. C'est en vain que, pendant plusieurs semaines, il s'était présenté chaque jour, à la poste restante.

Il n'en avait pas moins la conviction que Michel n'était pas mort. Des années et des années plus tard, une guerre mondiale avait éclaté, des dizaines de milliers de Juifs avaient été massacrés, la Pologne comme la Roumanie avait été coupées du monde par un rideau de fer.

De ses parents, de son père, de ses frères et sœurs, il n'avait rien appris et sans doute étaient-ils tous morts, à moins que certains d'entre eux eussent été déportés en Sibérie.

Les Zograffi avaient-ils subi le même sort?

Il ne savait rien, sinon que Michel vivait quelque part de par le monde et qu'un jour ils se retrouveraient face à face.

Sa vie, à lui, n'avait été qu'une sorte de sursis. Un jour, il aurait à rendre des comptes. Un jour Michel viendrait, comme il était venu tout à l'heure, le regarderait sans rien dire en attendant qu'il parle.

— Qu'est-ce que vous faites, Elie?

Il regarda comme sans le voir Chavez qui venait de redescendre et avait mis les curieux à la porte, répondit sans s'en rendre compte :

— Rien.

— Appelez-moi tout de suite Craig.

Il essaya de composer le numéro; comme il avait oublié de remettre ses verres, qu'il venait d'enlever à nouveau pour s'essuyer les yeux, les chiffres étaient troubles.

— Craig?

Il parlait d'une voix naturelle, n'en était pas surpris.

— Chavez veut vous parler.

— Craig? Ici, Harry. Ils sont arrivés. Je dis « ils » car ils sont deux. Au début, je me demandais lequel était le patron, mais j'ai tout de suite deviné que c'était celui qui ne disait rien. Au fait, il n'a pas encore prononcé un seul mot. L'autre parle pour lui. Comment?... Un instant...

Il saisit une des fiches :

— Mickaïl Zograffi... C'est la première fois que j'entends ce nom-là... Et toi?... Ah!... Son compagnon s'appelle... Un instant...

Et, à Elie :

— L'autre fiche...

Elie la lui tendit :

— Eric Jensen... Tous les deux donnent la même adresse. Hôtel Saint-Régis, à New York... Ils sont venus en auto, avec un chauffeur... Tu le con-

nais?... Il est venu ici il y a un mois?... Jensen?...
Cela ne m'étonne plus que j'aie eu l'impression de
l'avoir vu quelque part... Un grand blond, oui, une
sorte de colosse... Ils sont dans l'appartement, là-
haut... Le chauffeur est resté avec eux... Je leur ai
demandé s'ils ne voulaient rien manger et ils ont
répondu qu'ils appelleraient s'ils avaient envie de
quelque chose... Je ne sais pas si je me trompe,
mais le Zograffi ne me paraît pas commode... Tu
dis?... Si tu veux... Je vais le leur faire demander...
Ne quitte pas l'appareil...

Chavez contourna le comptoir, vint se placer à
côté du standard.

— Demandez au 66, dit-il à Elie, s'ils désirent
parler à Craig. Si oui, branchez la communication,
mais laissez cet appareil-ci sur la ligne.

Elie planta sa fiche.

— Le 66?
— Eric Jensen écoute.
— M. Harry Craig demande s'il peut vous parler.
— Passez-le-moi.

Chavez écoutait leur entretien et Elie pouvait
entendre les deux voix dans l'appareil.

— Jensen?
— Oui.
— Ici, Craig.

Il y eut un silence gêné, en tout cas de la part
de Craig.

— J'apprends que vous venez d'arriver.
— Oui.
— C'est vrai que la mine est vendue?
— C'est à peu près vrai.
— A qui?
— A mon patron.
— Il est ici?
— Oui.
— Quand est-ce que je le verrai?
— Il vous fera signe.

— Vous savez aussi bien que moi qu'il y a des décisions urgentes à prendre, n'est-ce pas?
— Oui.
— Dans quelques jours, si cela continue, je n'aurai plus un seul technicien à ma disposition.
— Je vous appellerai avant cela.
— Je vous remercie.
— De rien.

Chavez attendit que l'appareil d'en haut soit raccroché.

— Craig? Je me suis permis d'écouter. Dis donc, il a plutôt l'air glacé, le monsieur.
— Il n'y a rien d'autre à faire qu'attendre. Quel âge a-t-il?
— Zograffi? Une cinquantaine d'années. Il a dû avoir un grave accident, car le bas de son visage est figé, comme artificiel. Je me demande s'il peut encore parler.

Sans aucun commentaire, Harry Craig raccrocha. Quelqu'un apportait les fleurs que Chavez avait commandées un peu plus tôt.

— Je les monte en 66?
— Gonzalès va les monter.

Celui-ci se décolla de son banc, prit les deux bouquets et ferma la porte de l'ascenseur. Toujours accoudé au comptoir, le gérant ne bougeait pas, préoccupé, inquiet.

— Cela se passe toujours autrement qu'on ne l'a imaginé, murmura-t-il pour lui-même.

Il se tourna vers Elie, par besoin d'un auditoire.

— Jensen est venu ici il y a un mois, a passé deux jours chez Craig, qu'il a connu jadis au collège, et il paraît qu'ils ont déjeuné et dîné à l'hôtel. Il me semblait que j'avais déjà vu son visage. Il était évidemment en mission, et il a étudié la situation, de sorte que son patron était au courant quand il a acheté la mine de Mme Carlson.

Elie ne bougeait pas. Il était impossible de savoir s'il avait entendu.

— Qu'est-ce que vous avez?
— Rien. Je suppose que c'est la chaleur.

La porte de l'ascenseur s'ouvrit, on en vit sortir un Gonzalès déconfit qui portait les deux bouquets.

— Qu'est-ce qu'ils ont dit?
— De les remporter.
— Lequel des deux a parlé?
— Le plus petit. Il parle drôlement, d'une voix sifflante, comme de l'eau qui commence à bouillir.
— Tu lui as dit que c'était de la part de la direction?
— Oui. Il m'a fait signe de m'en aller et a refermé la porte derrière moi.

Gonzalès restait là, dérouté, les fleurs toujours à la main.

— Qu'est-ce que j'en fais?
— Mets-les dans le vase bleu.

C'était un énorme vase en faïence, sur la table qui occupait le milieu du hall où se trouvaient rangés les magazines de la semaine.

Il était midi. Jadis, à ce moment précis, des sirènes sifflaient tout autour de la ville.

Les hommes qui, un peu plus tôt, étaient adossés à la devanture, avaient fini par pénétrer au bar, décidant de s'offrir un verre à présent que le travail allait peut-être reprendre.

Le petit cireur de chaussures traversa la rue.

— C'est le nouveau propriétaire? vint-il demander au nom de Hugo.
— Cela en a l'air, répondit Chavez, impatient.
— Lequel des deux?
— Le plus petit.
— Comment s'appelle-t-il?
— Zograffi.

Le gamin repartit en courant et, à travers les vitres, on put voir Hugo qui écoutait son rapport puis décrochait son téléphone. Il serait probablement le premier à avoir des renseignements, car il avait des connexions partout.

La sonnerie vibrait, Elie décrochait, écoutait, disait :

— Un instant...

Et, à Chavez :

— Votre femme.

— Allô, Célia? Excuse-moi. Je n'ai pas eu un moment. Il est arrivé... Un homme, oui... Non, ce n'est pas elle. Elle est au ranch... Commande ton déjeuner là-haut... Je préfère ne pas monter maintenant... Je ne sais pas... Je ne sais encore rien...

Un garçon apportait un plateau sur lequel il y avait un sandwich au fromage et un sandwich au thon et à la tomate qu'il posa sur le bureau d'Elie avec une tasse de café.

— Qu'est-ce que vous prendrez comme dessert? Il y a de la tarte aux pommes et des fruits.

Elie le regarda avec l'air de ne pas comprendre et, derrière son dos, le garçon haussa les épaules, fit à Chavez un signe qui voulait dire que le réceptionniste avait probablement reçu un coup de bambou.

CHAPITRE II

LA CABANE AU BORD DE L'ELBE ET LES CHOCOLATS DANS LE TIROIR

Q UAND LE CHAUFFEUR descendit, Gonzalès lui indiqua la salle de restaurant, mais il ne s'y rendit pas tout de suite, pénétra d'abord dans le bar où les autres s'écartèrent pour lui faire place le long de la barre de cuivre.

— Rye! commanda-t-il en regardant curieusement autour de lui.

Puis, au barman blond qui remplissait son verre :

— On m'appelle Dick.
— Moi Mac.

On aurait dit qu'ils échangeaient des mots de passe et se reconnaissaient pour des frères.

— New York?
— Queens (1).
— Brooklyn (2).

Le chauffeur le faisait exprès d'exagérer, parce

---

(1) Faubourg de New-York. (N. d. E.)
(2) Autre faubourg de New-York, équivalent à peu près à Ménilmontant. (N. d. E.)

qu'il en était loin, l'accent traînant des gars de Brooklyn, leur air de ne s'étonner de rien, toisait d'un œil amusé les immenses gaillards qui l'entouraient, certains hauts de plus d'un mètre quatre-vingt-cinq, s'attardant aux pantalons de toile bleue qui leur moulaient les cuisses, à leur chapeau à large bord, à leurs bottes en cuir multicolore.

— Comme au cinéma! remarqua-t-il du coin de la bouche.

— Jamais venu dans l'Ouest?

— Jamais plus loin que Saint-Louis.

— Ici pour longtemps?

— Avec lui, on ne peut pas savoir. Peut-être un jour, peut-être un an.

Il se rendait compte qu'une partie du prestige du nouveau patron, qu'on n'avait fait qu'entrevoir, rejaillissait sur lui, jouait son rôle en cabotin.

— Tu trinques avec moi, Mac. Sur la note du patron.

Quand il prit place dans le restaurant, Chavez, qui le guettait, se dirigea vers sa table près de laquelle il resta debout dans l'espoir d'en apprendre plus long sur le nouveau propriétaire et, plus tard, il se dérangea encore pour accompagner le chauffeur sur le trottoir, lui désigner l'allée par laquelle il devait conduire la limousine dans la cour, derrière l'hôtel, où se trouvaient les garages et la pompe à essence...

La femme du gérant descendait rarement avant la fin de la journée, vivant le reste du temps en négligé dans son appartement. Chavez en était très amoureux, très jaloux, et il avait l'habitude de monter la voir à tout moment.

Cet après-midi-là, il quitta à peine le hall et se contenta de déjeuner d'un sandwich. Les deux hommes du 66 avaient fait monter la carte par

le maître d'hôtel. C'était Jensen, une fois de plus,
qui avait parlé dans l'appareil.
— Qu'ont-ils commandé ?
— Des *steaks* et une bouteille de bordeaux rouge.

Un peu plus bas dans la rue, dans l'immeuble de
la compagnie, Craig n'osait pas non plus quitter
son bureau, s'attendant à être appelé d'une minute
à l'autre. Deux fois en moins d'une heure il avait
téléphoné à Chavez, qu'Elie n'avait pas besoin d'aller chercher loin.

— Qu'est-ce qu'ils font ?
— Ils finissent de déjeuner. Le chauffeur est en
train de laver la voiture.
— Ils n'ont pas demandé après moi ?
— Pas jusqu'à présent.

La seconde fois, il y avait des nouvelles, mais elles
n'étaient pas faites pour calmer les appréhensions
de l'ingénieur-chef.

— Bill Hogan vient d'arriver.
— Le professeur ?
— Oui.

Hogan, qui enseignait la géologie à l'université
de Tucson, était un garçon long et mince, au visage
d'adolescent, qu'on voyait souvent, l'été, errer à cheval ou en jeep dans la région, poussant jusqu'au
Mexique et n'hésitant pas à coucher dans le désert. Il ne devait pas avoir plus de trente-deux
ans et alors qu'il était étudiant, il avait gagné plusieurs prix de rodéos.

— Il avait rendez-vous ? questionnait Graig.
— Il a demandé qu'on l'annonce. Là-haut, on a
répondu de le faire monter. Il avait une serviette
de cuir à la main.

Gonzalès avait baissé les stores vénitiens, de sorte
qu'on ne voyait plus ce qui se passait dans la rue.
De temps en temps, Chavez s'épongeait. Elie, toujours assis devant son bureau, avait des cercles de
sueur sous les bras.

Le thermomètre, à l'ombre, devait marquer aux alentours de 46°. Il n'y avait pas de brise, aucun nuage au ciel, qui, pendant des semaines, restait du même bleu uniforme. La saison des pluies ne viendrait que dans deux ou trois mois, peut-être plus tard, cela arrivait; cela arrivait même qu'il ne pleuve pas plus de trois jours dans l'année et, jusqu'alors, ce serait chaque jour le soleil, la lumière aveuglante, avec la ligne d'ombre, dehors, qui se déplaçait lentement de la boutique de Hugo aux larges baies de l'hôtel.

— Assez chaud pour vous?

C'était la plaisanterie rituelle, parce qu'Elie ne se plaignait jamais de la chaleur et que, plus chaud il faisait, plus il paraissait content. Il paraissait tout heureux de transpirer et l'odeur de sa sueur était forte; Chavez parfois, quand il entrait dans le cagibi de la réception, surtout vers quatre ou cinq heures de l'après-midi, avait un frémissement des narines.

Elie s'en rendait compte. Cela lui était égal. Il reniflait sa propre odeur avec délices. Chaque année, il devenait plus gras et sa chair acquérait une consistance malsaine. Il ne prenait aucun exercice, se contentant de parcourir deux fois par jour, sans se presser, le demi-kilomètre qui le séparait de chez lui. Il mangeait trop, surtout le soir, avait toujours faim, gardait des bonbons secs et des chocolats dans un de ses tiroirs.

Etait-ce parce que, pendant tant d'années, depuis l'époque, où, chez Mme Lange, il se contentait de deux œufs et de quelques tranches de pain par jour, il avait eu faim?

Durant les trois années de Hambourg, ce n'était pas tant la faim que le froid qui avait marqué sa vie et, quand il y pensait, il avait peine à se convaincre qu'il y avait fatalement eu des étés. Ceux-là avaient été brefs et pluvieux. Dans ses souvenirs, c'est à peine si le soleil figurait de loin en loin alors qu'il

revoyait avec netteté les matins de brouillard sur
l'Elbe, croyait encore entendre les sirènes des bateaux noirs et mouillés qui cherchaient anxieusement leur route et, le plus pénible, c'était les jours
de neige fondante qui s'infiltrait dans les chaussures
et les vêtements.

Les premiers temps, il était si sûr qu'on le recherchait qu'il n'osait pas chercher de travail et
qu'il changeait chaque nuit de chambre meublée
dans le quartier du port. Pendant la journée, il marchait sans fin dans les rues et, pour éviter d'être
reconnu, il avait laissé pousser sa barbe qui, mal
plantée, laissait des vides entre les touffes de poils
roux.

La foule se préparait pour Noël, qu'il avait passé
à grelotter sous une seule couverture, et, quelques
jours plus tard, l'argent de Michel épuisé, il s'était
joint à un groupe d'hommes qui arpentaient les rues
avec un panneau-réclame sur le dos.

La sensation de froid était parfois si aiguë qu'elle
lui donnait une impression de brûlure et qu'il devait se retenir pour ne pas crier.

Il ne savait rien de ce qui s'était passé à Liège
après son départ, sinon que Michel n'était pas mort.
Il revoyait ses yeux fixés sur lui avec une expression suppliante. Même s'il n'avait vécu que quelques
minutes, son camarade avait dû dire son nom aux
voisins qui avaient fini par venir se pencher sur lui.
Ou bien quelque passant, un policier faisant sa
ronde, l'avait découvert. Elie se refusait à croire
qu'on l'ait laissé toute la nuit sur le trottoir, à gémir et à mendier du regard le coup de grâce.

Elie payait. Il avait le sentiment de payer et il ne
se plaignait pas, ne parlait d'ailleurs à personne,
c'est de lui-même qu'un jour il décida de franchir
l'Elbe pour gagner les chantiers d'Altona.

Là, il vécut trois années entières, dans un monde
de poutrelles et de grues, d'ateliers et de docks où

il n'y avait que du métal et de la pierre, un univers noir et blanc bordé par le gris encore plus implacable du fleuve au bord duquel, le soir, clignotaient les lumières de Hambourg.

Au début, on l'avait embauché dans un chantier où, à deux hommes, ils coltinaient des tôles du matin au soir. Sa constitution n'était pas assez robuste pour résister. Il avait beau serrer les dents, déployer une telle énergie qu'il en avait mal dans toutes ses fibres, le contremaître l'avait repéré et rayé de sa liste.

Alors, des semaines durant, il avait fait, pour quelques *pfennings,* les courses des ouvriers, allant chercher du tabac ou du café chaud à la cantine, où, ensuite, pendant quelque temps, on l'occupa à laver les tables et le plancher, jusqu'à ce qu'enfin, parce que le vieux qui occupait le poste avait été trouvé mort un matin, on l'engage comme gardien de chantier.

Il travaillait de nuit, effectuant des rondes régulières, une lanterne à bout de bras, obligé de franchir une planche étroite au-dessus d'une sorte d'égout qui lui donnait le vertige. En compensation, il jouissait de la cabane et d'un petit poêle de fonte qu'il chauffait jusqu'à ce que le métal soit rouge et que sa peau devienne brûlante. Il espérait que, de faire ainsi provision de chaleur, l'empêcherait de grelotter pendant sa tournée, mais c'était le contraire qui se produisait, il s'en rendait compte, sans pouvoir s'empêcher de recommencer la nuit suivante.

Faute de connaître son adresse, qu'il avait eu soin de ne pas donner, sa sœur ne lui écrivait plus et il ne savait rien de sa famille, ignorait qui vivait et qui était mort; son objectif était d'amasser assez d'argent pour payer son passage sur un des bateaux qu'il voyait presque quotidiennement partir pour l'Amérique.

Dans son esprit, une fois là, tout serait fini. Il

ne se demandait ni pourquoi ni comment. C'était une ligne qu'il avait tracée dans l'inconnu de son avenir, une frontière au-delà de laquelle la vie serait différente.

Ce jour-là était arrivé, après trois ans, dont six mois passés dans un hôpital avec une pleurésie qui ne voulait pas guérir.

Quand il avait débarqué à New York, il était décharné et sa peur était que l'Immigration le refoule pour raison de santé. Il avait donné son vrai nom, Élie Waskow, faute de pouvoir se procurer un passeport autrement; les autorités ne lui avaient posé aucune question sur ce qui s'était passé à Liège; il semblait que personne ne se préoccupait de le retrouver.

Le premier soir, ne sachant où aller, il avait couché dans un Y. M. C. A. de la 14ᵉ ou de la 15ᵉ Rue, dans le bas de la ville où grouillaient les Juifs et les étrangers comme lui et où il sursautait sans cesse en entendant parler yiddish. Il n'était pas dépaysé, moins qu'à Hambourg. La curiosité ne lui venait pas d'aller voir le reste de la ville, il trouva du travail tout de suite, à laver la vaisselle dans un restaurant, et pendant des mois, il ne s'aventura pas hors du quartier.

A Liège non plus, chez Mme Lange, il ne sortait guère du cercle familier. Il lui semblait qu'un danger le guettait s'il avait le malheur de s'éloigner de la maison et celle-ci était encore trop vaste pour lui, il s'incrustait dans la cuisine, collé au poêle dans la lourde duquel il avait passé la plus grande partie de son séjour.

Il en était de même ici, où il ne fréquentait personne et ne faisait même pas de projets. Il savait seulement qu'un jour, s'il avait de la chance, il vivrait dans une région où il n'y aurait pas d'hiver, où, toute l'année, il jouirait de la chaleur du soleil.

Ce serait long. Il fallait d'abord qu'il apprenne la

langue car l'Amérique entière n'était pas composée que de gens qui parlaient le yiddish et le polonais. Il avait acheté un lexique et une grammaire. Tout en travaillant à la plonge, les mains dans l'eau grasse mais chaude, il écoutait parler autour de lui et des mots toujours plus nombreux se gravaient dans sa mémoire.

Un jour qu'il feuilletait par curiosité un annuaire des téléphones, il avait fait une découverte qui l'avait troublé. A Vilna, il ne connaissait pas d'autres familles du nom de Waskow, savait seulement que son père avait des cousins en Lithuanie. Or, ici, le nom figurait plusieurs fois dans l'annuaire et il en était de même de la plupart des noms qu'il avait connus pendant son enfance.

Il occupait une chambre dans un hôtel bon marché mais où, comme dans tous les hôtels de la ville, il y avait un bureau de réception. Le hall était sombre, des lampes y brûlaient toute la journée. Un soir, le gérant, qui était Allemand et qui s'appelait Goldberg, eut l'air de le guetter au passage.

— Qu'est-ce que vous diriez de travailler ici comme réceptionniste de nuit?

En plus sale, en plus étroit, il avait occupé le même genre de cagibi qu'à présent à Carlson-City, avec un standard téléphonique et un tableau de clefs, des casiers pour le courrier des voyageurs.

A New York aussi, les hivers étaient froids, presque aussi froids qu'à Hambourg. La chaufferie marchait irrégulièrement sans que personne y puisse rien et l'air était tantôt étouffant, tantôt glacé.

Il était patient, supportait la nourriture de mauvaise qualité, mais plus abondante qu'il ne l'avait connue jusque-là, rêvait maintenant de remplir un jour, beaucoup plus tard, les mêmes fonctions dans un hôtel de Miami. En Floride, enfin, il aurait chaud d'un bout de l'année à l'autre et il n'aurait plus besoin de partir pour aller plus loin.

Avoir chaud et manger à sa faim, manger jusqu'à ce qu'il se sente l'estomac plein, la tête lourde! Il voyait des gens boire et devenir de plus en plus roses, les yeux brillants, le corps engourdi. De manger lui procurait le même bien-être, le même sentiment de plénitude et de sécurité, surtout quand il pouvait en même temps s'envelopper de chaleur.

Pas une fois, depuis qu'il avait quitté Liège, la tentation ne lui était venue d'ouvrir un ouvrage de mathématiques et il ne comprenait plus que, pendant des années, il eût consacré son temps et son énergie à étudier.

— Vous êtes instruit, hein?

Quand le gérant lui avait posé la question, il n'avait su que répondre.

— Si vous connaissiez un peu de comptabilité, vous pourriez tenir les livres pendant la nuit et je vous augmenterais de dix dollars.

Pour gagner plus d'argent et par conséquent se rapprocher de la Floride, il avait acheté un traité de comptabilité d'occasion. Une semaine lui avait suffi pour en connaître assez et on lui avait confié les livres de l'hôtel. Un an plus tard, celui-ci était vendu pour être rasé et faire place à un *building* Le gérant avait trouvé une place à Chicago. Elie l'y avait suivi et, après quelques jours, travaillait dans un nouvel hôtel.

Dans l'annuaire des téléphones, ici aussi, il y avait des Waskow, des Malevitz, et des Resnick comme Mlle Lola. Inquiet, il avait cherché à la lettre Z, trouvé des Zograffi aussi dont aucun ne se prénommait Michel, ni Mickaïl.

Il faillit ne pas prendre garde à la sonnerie du téléphone et, ce qui le sortit de sa torpeur, fut de voir Chavez se précipiter vers le comptoir.

— La réception écoute !
C'était dans l'appartement 66, la voix de Jensen.
— Voulez-vous prier le gérant de monter ?
Elie se tourna vers celui-ci qui attendait.
— On demande que vous montiez au 66.
En passant devant le miroir, Manuel arrangea sa cravate, passa un peigne dans ses cheveux, puis pénétra dans l'ascenseur dont Gonzalès referma la porte. Au même moment le téléphone sonnait, une voix de femme prononçait :
— Passez-moi M. Zograffi, s'il vous plaît.
— De la part de qui ?
— Mme Carlson.
— Un instant. Je vais voir s'il est dans son appartement.
Il enfonça sa fiche.
— Mme Carlson demande à parler à M. Zograffi.
Elie fut soulagé d'entendre la voix de Jensen qui répondait :
— Passez-moi la communication.
Il avait eu peur que ce soit Michel lui-même qui lui parle. Ce qu'il appréhendait le plus, depuis midi, c'était d'entendre la voix qu'on lui avait décrite, cette voix qui sifflait, ressemblait au chuintement de l'eau qui bout.
Michel l'avait à peine regardé, n'avait pas tenté de lui adresser la parole, mais il n'était pas possible si gras qu'Elie fût devenu, qu'il ne l'eût pas reconnu. Il y avait d'ailleurs eu dans ses yeux comme un déclic. Elie aurait juré que ce n'était pas tant la surprise de le retrouver et que Michel, lui aussi, s'était attendu à le rencontrer un jour de par le monde. Ce qui avait dû l'étonner, c'était de le voir épais et rose, avec un double menton, des joues rondes et luisantes, derrière un comptoir d'hôtel de l'Arizona.

Qu'est-ce que Michel avait pensé? Il avait fatalement eu une réaction. Elie, à ce moment-là, était trop ému pour en juger, hypnotisé qu'il était par le bas du visage où, certain soir, vingt-six ans auparavant, il n'y avait qu'un trou sanguinolent.

Il ne pensait pas avoir découvert de haine dans les yeux de Zograffi. Des deux, c'était celui-ci qui avait le plus changé, son regard surtout, qui était autrefois un regard enjoué et qui, maintenant, se fixait avec un poids redoutable sur les êtres et les choses.

Mme Lange avait maintes fois répété :

— Si ce n'est pas malheureux que ce soit un homme qui ait des yeux pareils!

Qu'est-ce que Zograffi avait ressenti en reconnaissant Elie? Il n'avait pas détourné la tête, n'avait rien dit. Il était monté presque tout de suite dans son appartement et, depuis, ne paraissait s'occuper que de ses affaires. Etait-ce lui, à présent, qui répondait à Mme Carlson?

Elie aurait pu le savoir, écouter leur conversation. Il ne le fit pas et, après quelques minutes, le voyant, au-dessus de la fiche, tourna du blanc au noir, indiquant que la communication était terminée.

Quand Chavez redescendit, finissant d'abord la conversation commencée dans l'ascenseur avec Gonzalès, Elie eut l'impression qu'il l'observait de loin d'une façon spéciale.

Une fois accoudé au comptoir, il dit :

— Ils ont besoin d'une longue table pour y étaler des plans. Gonzalès est allé chercher au sous-sol une des tables démontables qui servent pour les banquets.

L'appartement 66 se composait de deux chambres à coucher, chacune avec sa salle de bains, d'un grand salon et d'un salon plus petit qu'on pouvait transformer en bureau.

— Qu'est-ce qu'ils font? demanda Elie.
— Quand je suis arrivé, il était au téléphone.
— Lequel des deux?
— Jensen. Si j'ai bien compris, ils sont invités ce soir à dîner au ranch.

Chavez était toujours préoccupé, et c'était au sujet d'Elie, celui-ci en avait la conviction.

— Vous le connaissez? finit-il par laisser tomber.
— Qui?
— Zograffi.
— Pourquoi me demandez-vous ça?
— Parce que, pendant que l'autre téléphonait, il m'a posé deux questions sur votre compte.
— Il a dit mon nom?
— Je ne crois pas. Non. Il a parlé de l'employé de la réception.
— Qu'est-ce qu'il voulait savoir?
— D'abord, combien vous gagnez. Je le lui ai dit. Je ne pouvais pas faire autrement puisque, autant qu'on sache, c'est à lui que l'hôtel appartient désormais. Ensuite, il a voulu savoir depuis combien de temps vous étiez ici et, quand j'ai répondu dix-sept ans, cela a paru le faire sourire. C'est difficile d'en être sûr, à cause de la raideur de son visage. Quand il parle, on se rend compte que sa mâchoire a dû être fracassée. Il a du métal à l'intérieur de la bouche et il lui manque la moitié de la langue.

Elie ne bougeait pas, fixait le grand livre sur son bureau.

— Vous le connaissez? questionnait à nouveau Chavez qui ne savait plus trop comment le traiter.
— Je crois.
— Pourquoi ne l'avez-vous pas dit plus tôt?
— Je n'en étais pas sûr.
— Vous en êtes sûr, maintenant?
— Peut-être. Oui.

— Il y a longtemps que vous ne l'avez vu pour la dernière fois?
— Très longtemps.
— Aux Etats-Unis?
— En Europe.

S'il mentait, le gérant s'en apercevrait. En outre, Michel en avait peut-être dit davantage. Il pouvait encore parler d'Elie ce soir, demain, n'importe quand. Tout était possible, désormais, et cela ne servirait de rien non plus à Elie de s'en aller.

L'idée l'en avait effleuré, tout à l'heure, la tentation d'aller chercher sa vieille voiture et de se précipiter vers le Mexique sans en parler à Carlotta. Du moment que Michel l'avait retrouvé, c'était inutile : il n'avait qu'à décrocher le téléphone, donner son signalement pour qu'il soit pris en charge et arrêté, que ce soit d'un côté ou de l'autre de la frontière.

Pas une fois, en vingt-six ans, il n'avait eu la curiosité d'ouvrir le code pénal sachant que, le jour où Michel le retrouverait, il aurait le droit de décider de son sort. Même sans les lois, sans la police, c'était vain de s'enfuir.

Quoi qu'il arrive, d'ailleurs, Elie ne protesterait pas. Il était résigné. Il attendait.

— Vous êtes allés à l'école ensemble?
— A l'Université.

Chavez ne s'étonnait pas que son réceptionniste ait passé par l'Université. C'était Zograffi qui l'intéressait.

— Qu'est-ce qu'il étudiait?
— Les mines.
— Je commence à comprendre.

Le téléphone sonnait, Elie décrochait.

— Pour vous. C'est Craig.

Le gérant disait dans l'appareil, sans attendre la question de son interlocuteur :

— Ils sont au travail, là-haut, avec des plans et

des bleus étalés sur le tapis tout autour de la pièce.
Ils m'ont demandé de faire monter une grande
table.
— Hogan est toujours avec eux ?
— Oui.
— Ils n'ont pas parlé de moi ?
— Pas jusqu'ici. J'ai l'impression que Mme Carlson les a invités à dîner ce soir au ranch.

Craig raccrocha, déconfit, furieux, ne sachant
que dire à ceux de son état-major qui, depuis l'arrivée du nouveau patron, ne quittaient pas les bureaux où ils attendaient des nouvelles.

Tout le monde attendait. Elie aussi et, machinalement, parce qu'il ressentait un vague malaise,
il mangeait des chocolats et Chavez le regardait
avec écœurement les fourrer dans sa bouche.

Il ne fumait pas, n'avait jamais bu. Alors que
d'autres éprouvaient le besoin d'un verre d'alcool
ou d'une cigarette, il se remplissait l'estomac. Jadis, Mlle Lola aussi mangeait toute la journée, indifférente aux avertissements de Mme Lange qui
lui répétait :

— Vous verrez ! A trente ans, vous serez si
grosse que vous ne pourrez plus marcher.

Le plus curieux, c'est que Carlotta était comme
ça, elle aussi. Quand il l'avait connue, elle n'était
pas plus grasse que la plupart des Mexicaines de
son âge et se contentait de manger aux repas.

Elles étaient trois sœurs : Carlotta, Dolorès et
Eugénia, et les deux dernières travaillaient comme
bonnes chez les Craig. Le père, qui avait un type
indien accentué et faisait de la poterie, avait bâti
de ses mains la maison qu'ils habitaient en bordure
de la ville et où, lors de son arrivée, Elie avait loué
une chambre.

Il ne mangeait pas avec eux, ayant droit à ses
repas à l'hôtel. Il ne rentrait que pour dormir, de
jour quand il travaillait la nuit, de nuit quand il

travaillait de jour. Il y avait toujours des poules qui caquetaient en picorant la terre rouge de la cour. Au fond de celle-ci, dans un atelier, le tour de potier avait du matin au soir un vrombissement de gros insecte. Les sirènes scandaient le cours du temps mais, ce qui dominait les autres bruits, c'était le caquet de Carlotta et de sa mère qui, sur la véranda, lavaient et repassaient du linge pour des voisins et, toutes les cinq minutes, riaient aux éclats.

Carlotta avait presque le même rire que Mlle Lola, un rire de gorge grave et sensuel.

Sa mère était énorme, les jambes enflées, et il était probable qu'un jour elle deviendrait comme elle.

Ce n'était pas pour ses attraits qu'il l'avait épousée. Quand il avait pensé à se faire un coin, il avait bien fallu qu'il s'occupe de trouver quelqu'un pour tenir son ménage.

Les parents avaient proposé Carlotta. Longtemps, elle était rentrée chez elle chaque soir, ce qui était désagréable quand son travail à lui le faisait rentrer à minuit et qu'il ne trouvait personne.

A New York, il n'avait pas été seul, il entendait des gens bouger et respirer derrière toutes les cloisons de sa chambre et il sentait même leur odeur. C'était pour ne pas être seul qu'il avait décidé d'épouser Carlotta. La transformation de celle-ci avait été rapide. La veille du mariage encore, c'était une jeune fille vive qui allait et venait toute la journée et éclatait de rire à tout propos en montrant ses dents blanches.

Après un mois, c'est à peine si elle se levait de son fauteuil ou de son lit où elle passait son temps à manger des sucreries et à écouter la radio. Parfois, quand il rentrait, elles étaient cinq ou six femmes dans la maison, à raconter des histoires, et le soir elles se tenaient dans l'obscurité de la véranda.

La mère, les sœurs venaient voir Carlotta. Des cousines débarquaient du Mexique, vivaient une semaine ou un mois dans la maison où il y avait toujours quelque chose à manger sur la table.

Il s'y était habitué. Il y avait aussi des poules, maintenant, autour de la maison, et au moins une demi-douzaine de chats roux sur les pattes desquels il devait faire attention de ne pas marcher.

Ils grossissaient tous les deux, Carlotta plus encore que lui, et, aux approches de la quarantaine, elle était déjà presque aussi volumineuse que sa mère, marchait les jambes écartées.

Le téléphone sonnait encore. La voix de Jensen.

— Donnez-moi le 242.
— A Carlson-City?
— Oui.

Il connaissait le numéro, celui d'un marchand de biens, un Irlandais du nom de Murphy à qui Elie avait acheté sa maison.

— Murphy?
— Oui.
— Ne quittez pas. On vous parle.

Ils n'eurent pas le temps d'échanger dix phrases que la communication était terminée. Murphy habitait six maisons plus loin. Quelques minutes plus tard, il accourait, très excité.

— M. Zograffi, disait-il avec importance.
— Au 66. Vous avez rendez-vous?
— Il m'attend.

Elie s'en assura.

— Faites-le monter.

Chavez, qui ne quittait pas le comptoir de la réception, où il fumait cigarette sur cigarette, essayait de comprendre ce qui se passait.

— Je me demande comment il a entendu parler

de ce vieux brigand de Murphy. Il connaissait son numéro de téléphone, comme s'ils avaient déjà été en rapport.

Le téléphone, encore.

— Voulez-vous faire monter une bouteille de scotch et des verres? N'oubliez pas la glace.

— Soda?

— Non.

Le temps passait lentement. Toute la journée, il y avait eu un groupe autour du vieux Hugo, en face, qui observait l'hôtel de ses petits yeux malicieux.

Le plus dérouté, le plus malheureux, c'était Craig, qui s'était donné tant de mal pour retenir ses meilleurs collaborateurs à Carlson-City et à qui on ne faisait pas signe.

Un autre se présenta, vers quatre heures et demie, un éleveur qui avait un ranch à une dizaine de milles en aval de la ville.

— M. Zograffi !

— Il vous attend?

— Je suppose. Il m'a télégraphié de venir aujourd'hui après-midi.

C'était vrai. Jensen donnait l'ordre de le faire monter. Une demi-heure plus tard, il demandait un autre numéro de téléphone, celui de l'avocat Delao qui était un ami personnel de Craig. Delao ne fit que serrer en passant la main de Chavez qu'il connaissait aussi, ne lui dit rien, ne fit pas allusion à l'objet de sa visite au 66.

Ce fut Delao, enfin, qui téléphona un quart d'heure plus tard pour appeler son propre bureau d'où on vit venir sa secrétaire avec une machine portative.

— Ils ont acheté le ranch, murmura Chavez qui s'efforçait d'assembler les pièces du *puzzle*. C'est évidemment pour taper un document légal que Delao a fait venir sa secrétaire.

Il appela Craig, répéta :
— Je crois qu'ils sont en train d'acheter le ranch de Ted Brian.
— Ted est avec eux?
— Oui. Et Delao, qui a fait venir sa secrétaire. Et aussi cette vieille canaille de Murphy, qu'ils ont appelé le premier et qui paraissait au courant.
— Je viens.
Craig n'avait plus le courage d'attendre dans son bureau où il ne tenait pas en place. C'était un grand garçon carré, aux manières brusques, qui entraîna Chavez vers le bar.
— J'ai besoin de boire un coup.
Il en avait pris plus d'un, cela se voyait à son teint animé. Sans doute qu'au bureau quelqu'un avait apporté une bouteille pour faire passer le temps.
Il s'accouda au bar tandis que le gérant, près de lui, ne buvait pas et continuait à surveiller le hall, se précipitant vers Elie chaque fois que le téléphone sonnait.
Graig but deux doubles *rye*, le regard de plus en plus sombre, finit par donner un violent coup de poing sur le bar.
— On va bien voir ce qu'il a derrière la tête! lança-t-il de sa voix sonore en se dirigeant vers la réception.
Il commanda à Elie :
— Passe-moi le 66.
Et, le récepteur à la main :
— Jensen? J'ai besoin de parler au patron...
De sa place, Elie entendait dans l'appareil la voix calme de Jensen.
— J'ai l'impression qu'on oublie que, jusqu'à nouvel ordre, je suis encore le directeur de la compagnie... Comment? Quoi?...
Il s'était enflammé. On aurait pu croire qu'il allait provoquer un esclandre et on le voyait se calmer

progressivement, sa voix s'adoucissait, il hochait la tête en murmurant :

— Oui... Oui... Je comprends... Oui...

Enfin :

— C'est entendu. Demain à dix heures. Je serai là.

Il répéta, comme si les autres n'avaient pas entendu :

— Je les verrai demain matin à dix heures.

Il feignait d'être au courant, mais il était clair qu'il n'en savait pas plus qu'Elie ou que Chavez.

C'est un malin !

Il retourna au bar. Le gérant, cette fois, ne l'accompagna pas. Ce fut Ted Brian, le rancher, qui sortit le premier en compagnie de Delao et de la secrétaire.

— On prend un verre ? proposa-t-il, au milieu du hall.

Delao répondit :

— Pas ici.

— J'ai bien fait ?

— On en parlera tout à l'heure.

Murphy sortit un peu plus tard de l'ascenseur, l'air ravi et mystérieux, serra longuement la main de Chavez.

— C'est un type ! lui confia-t-il avec admiration.

A six heures du soir, Craig qui était ivre, téléphona à sa femme pour lui annoncer qu'il ne rentrerait pas dîner. Elle s'inquiétait de son état, et il lui répétait :

— N'aie pas peur ! Je sais ce que je fais ! Tu verras que c'est moi qui aurai le dernier mot.

Il retourna au bar d'une démarche hésitante et regarda avec défi le chauffeur en train d'y prendre un verre. Il ne lui dit rien, se contenta de l'examiner des pieds à la tête tandis que Mac, le barman, lui faisait signe de rester calme.

A six heures et quart, la limousine était devant la

porte. Quelques minutes plus tard, on appelait l'ascenseur du sixième étage et Gonzalès se précipitait.

Zograffi en sortit le premier, sec, impeccable dans un pantalon noir et en smoking d'un blanc crémeux. Pendant que Jensen, en smoking aussi, allait porter la clef à la réception, il resta debout au milieu du hall, sans regarder personne, fumant une cigarette plate dont Elie aurait juré qu'il reconnaissait l'odeur.

Gonzalès poussa la porte tournante. Dick, le chauffeur, qui attendait sur le trottoir, ouvrit et referma la portière.

On venait d'allumer les lampes. Le ciel, à l'horizon, restait encore d'un rouge violacé, les montagnes couleur de lavande.

L'auto, sans bruit, descendit la rue en pente tandis que tout le monde la suivait des yeux.

Seul Elie ne s'était pas soulevé de sa chaise pour la regarder partir. Il était rouge. La sueur perlait à son front.

Michel n'avait même pas fait attention à lui.

CHAPITRE III

LE PLAIDOYER D'ÉLIE

A SEPT HEURES, CELIA, la femme de Chavez, sortit de l'ascenceur et resta un moment immobile à regarder le hall à peu près vide en battant des cils comme elle se serait arrêtée au seuil d'un salon où tous les regards auraient été tournés vers elle.

C'était la plus belle femme de Carlson-City, chacun en convenait et elle en avait conscience. Elle savait aussi qu'un de ses plus sûrs charmes était son expression enfantine et, dès qu'on lui parlait, elle écarquillait les yeux avec une candeur exagérée.

Son mari se précipitait, l'emmenait par le bras vers la salle de restaurant où ils avaient leur table à droite de la porte.

Elle passait chaque jour des heures à sa toilette, soignait avec dévotion, sans jamais s'en lasser, son visage, ses cheveux, ses mains, chaque partie de son corps pour lequel elle avait fini par partager le culte de son mari, et, le reste du temps, étendue sur un divan, elle lisait des romans. Parce qu'elle ne pouvait s'habituer à vivre autrement qu'à demi nue dans l'appartement, Chavez exigeait qu'elle en ferme la porte à clef, montait souvent à pas de loup pour s'assurer qu'elle l'avait fait.

D'autres fois, un peignoir croisé sur sa gorge, elle s'accoudait à la fenêtre pour suivre des yeux le va-et-vient paresseux de la rue.

Il arrivait que son mari l'aperçoive en allant chez Hugo chercher ses journaux ou des cigarettes et on le voyait alors lui ordonner par signes de rentrer et de fermer ses persiennes, car il était même jaloux des regards que les hommes pouvaient poser sur elle.

Un an auparavant, quand on avait tourné un film dans la montagne et que le principal acteur avait vécu à l'hôtel pendant deux semaines, Chavez interdit à Célia de descendre, fût-ce pour le dîner qu'ils prirent ensemble dans l'appartement, et les femmes de chambre prétendaient que, pendant tout ce temps-là, il avait gardé la clef dans sa poche.

On servait le dîner d'Elie sur un plateau, derrière le comptoir de la réception. Quand il l'eut mangé, il appela au téléphone Emilio qui aurait dû, à huit heures, venir prendre sa place pour la nuit et qui habitait à l'autre bout de la ville, lui parla à voix presque basse.

— C'est inutile de me remplacer ce soir, Emilio. Je passerai la nuit ici.

— Vous ne pouvez pas rester vingt-quatre heures d'affilée à la réception.

— Je n'ai quand même pas l'intention de dormir.

— C'est vrai que le nouveau patron est arrivé ?

— Oui.

— Comment est-il ?

— Je ne sais pas.

— Entendu. Demain je ferai le jour. Merci.

— Ce ne sera probablement pas nécessaire.

Il n'avait pas envie de s'écarter de l'hôtel. Il lui paraissait impossible que Michel n'ait pas quelque chose à lui dire, n'importe quoi, un message quelconque à lui transmettre. Jusqu'ici, Elie comprenait que ses affaires lui avaient pris tous ses instants, et pourtant il avait trouvé le moyen de poser deux questions à son sujet. Deux seulement, et c'était la première qui le troublait le plus. Pourquoi Zograffi qui était presque sûrement le nouveau propriétaire de l'hôtel et de la mine, avait-il demandé combien il gagnait? Même Chavez, qui ne savait rien de leur passé à tous les deux, avait été intrigué. Et pourquoi Michel lui avait-il pas adressé la parole, pourquoi l'avait-il à peine regardé?

Peut-être, cette nuit, quand il reviendrait du ranch, cela se passerait-il autrement, surtout s'il n'y avait qu'Elie dans le hall comme c'était possible.

Michel se devait de lui poser au moins une question :

— *Pourquoi?*

Car il ne savait pas, Elie en était sûr, il se souvenait de l'étonnement qu'il avait lu dans les yeux de son camarade au moment du coup de feu.

Elie lui expliquerait. Il savait, lui. Il avait eu vingt-six ans pour penser à ce qu'il dirait le jour où il se trouverait en face de Michel et ce jour-là était arrivé. Il avait hâte d'en finir. Zograffi ne devait pas se rendre compte de la cruauté qu'il y avait de sa part à passer devant la réception sans dire un mot. Il se faisait des idées fausses. Dès qu'il aurait donné à Elie une chance de s'expliquer, il comprendrait.

Peu importe qu'il soit le nouveau propriétaire de Carlson-City. Il aurait été n'importe quoi, un mendiant dans la rue, que la situation se serait trouvée la même.

Il faillit oublier de téléphoner à Carlotta.

— Allô, c'est toi? dit-il de la même voix qu'il avait prise pour Emilio.

Il entendait de la musique à l'autre bout du fil.

Elle était occupée à écouter la radio ou à se jouer des disques.
— Qu'est-ce qu'il y a? Tu ne rentres pas?
— Non. Je passerai la nuit à l'hôtel.
— Je comprends. Le nouveau propriétaire est arrivé.

Toute la ville le savait. Sa femme aussi lui posait la question :
— Comment est-il?
Elle ajoutait :
— C'est vrai qu'il a racheté le ranch de Brian?
— Je crois que oui.
— Tu pourras dormir un peu?
— Sans doute.

Pendant des heures, la nuit, le réceptionniste n'avait rien à faire et c'était l'habitude pour celui qui était de garde de mettre la chaîne à la porte et de s'assoupir dans un des fauteuils de cuir. Emilio retirait toujours ses souliers.

En sortant de la salle à manger, Chavez fut surpris qu'Elie ne se préparât pas à partir.
— Emilio est malade?
— Je lui ai téléphoné de ne pas venir. Je préfère passer la nuit.

Célia se tenait derrière son mari, qui regardait Elie d'un œil soucieux.
— Vous vous entendiez bien, jadis, à l'Université?
— Pourquoi?
— Je ne sais pas. Je me demandais.

Ces anciennes relations entre le nouveau patron et le réceptionniste l'inquiétaient. Il sentait confusément qu'il y avait des choses qu'on lui cachait. Il haussa néanmoins les épaules.
— Comme vous voudrez. Je vais au cinéma avec ma femme. Je ne pense pas qu'ils rentrent du ranch avant onze heures.

Il aperçut Graig, seul au bar, alla le prendre par

le bras, l'installa dans sa voiture afin de le déposer chez lui en passant, cependant que Célia les suivait sans poser de questions. Faute de clients, le barman ferma sa porte et s'en alla. Deux locataires regagnaient leur chambre. Il en restait deux autres dehors et, dans le hall, Gonzalès et Elie se tenaient à plus de dix mètres l'un de l'autre.

Les livres étaient à jour. Il n'y avait aucun travail qu'à rester là, pendant des heures, pendant la nuit entière. Elie, renversé sur sa chaise, les yeux mi-clos, commençait à répéter les phrases qu'il prononcerait quand on lui permettrait enfin de parler.

Il ignorait le sort de Louise et calculait qu'elle avait maintenant quarante-cinq ou quarante-six ans, elle était plus âgée que Carlotta. C'était une femme mûre. Peut-être était-elle mariée et avait-elle des enfants? Peut-être avait-elle eu une rechute et l'avait-on envoyée dans un sanatorium? Malgré les dénégations farouches de Mme Lange, il était persuadé qu'elle était atteinte de tuberculose osseuse.

Mme Lange était une vieille femme. Il n'aurait pas été surpris, cependant, d'apprendre que la maison était restée la même, avec d'autres locataires dans la chambre rose, la chambre jaune, la chambre verte, qui sait, un pensionnaire plus riche que ses camarades dans l'ancien salon devenu la chambre grenat où il y avait des plantes vertes dans des pots de cuivre sur l'appui des fenêtres.

De tout son passé, c'était à peu près la seule partie qui conservait une certaine vie dans sa mémoire et parfois, en observant Carlotta, il se disait qu'elle tenait à la fois de Louise et de Mlle Lola.

Il s'effraya soudain à l'idée que Michel, qui avait mis fin à sa vie de Liège, pouvait à présent mettre fin à sa vie de Carlson-City, l'obliger à partir à nouveau. Cette pensée-là lui donnait une angoisse physique plus intolérable que le froid de Hambourg

et d'Altona, que les nuits les plus noires du chantier.
A la perspective de s'en aller une fois de plus, il
était pris de panique, protestait, seul dans son coin,
se débattait, le front couvert d'une sueur grasse.

On n'avait pas le droit d'exiger ça de lui. Il
avait payé sa place aussi cher qu'il est possible à
un homme de payer.

Michel comprendrait. Il faudrait bien qu'il comprenne. Elie lui dirait tout, mettrait ses pensées,
sens, sentiments à nu, et cette nudité-là serait encore
plus pathétique que la nudité de Louise le dimanche
des photographies.

Ce qu'il fallait que Zograffi sache, c'est qu'il
était arrivé au bout et qu'il n'y avait pas de plus
loin. Rien. Le vide.

Qu'on lui fasse n'importe quoi. Qu'on lui impose
n'importe quelle punition. Mais qu'on ne l'oblige
pas à s'en aller. Il en serait incapable. Il aimerait
mieux s'asseoir au bord du trottoir et se laisser mourir dans le soleil.

Il était fatigué. Est-ce que, pour les autres, pour
un homme comme Zograffi ce mot-là avait un sens
aussi terrible que pour lui?

Le téléphone sonnait, quelqu'un appelait de
New York, une voix de femme.

— Carlson-Hôtel? Je désire parler à M. Zograffi.

— Il n'est pas ici pour le moment.

— Il n'est pas arrivé?

— Si. Mais il est sorti.

— Il n'a pas dit quand il rentrerait?

— Nous ne l'attendons pas avant la fin de la
soirée. Dois-je lui transmettre un message?

— Ce n'est pas la peine. Je rappellerai.

La voix était jeune, sans accent étranger. Il se
demanda si Michel était marié et cela l'entraîna à
se poser d'autres questions à son sujet. C'était curieux qu'il pensât tantôt « Michel » et tantôt
« M. Zograffi », plus souvent Zograffi que Michel,

probablement à cause du regard qui avait tant changé.
— Il est dix heures, vint annoncer Gonzalès en se campant devant la réception.
— Vous pouvez aller.

Depuis que la mine n'était plus exploitée, on ne gardait pas de livrée dans le hall pendant la nuit et, si un client rentrait tard, c'était le réceptionniste qui manœuvrait l'ascenseur.
— Vous ne pensez pas que je doive rester?
— Pourquoi?
— A cause du grand patron.
— Ce n'est pas la peine.
— M. Chavez l'a dit?
— J'en prends la responsabilité.

Gonzalès alla se changer au vestiaire. Quand il traversa le hall, il portait un pantalon fatigué et, sur la tête, un chapeau de paille déformé qui lui donnait l'air minable.
— Bonne nuit.
— Bonne nuit.

Il était à peu près sûr, maintenant, de conduire Zograffi et son compagnon au sixième étage et, pendant quelques instants au moins, ils seraient face à face dans l'ascenseur.

Cela le contraria de voir Chavez et sa femme rentrer de bonne heure. Il espéra lorsqu'ils montèrent ensemble, que le gérant allait se coucher. En passant, il avait jeté un coup d'œil à l'horloge, questionné :
— Rien?
— Rien. Tous les autres sont rentrés.

Une demi-heure s'écoula et Chavez redescendit, du rouge à lèvres sur le visage. Il s'en aperçut en passant devant le miroir où il jetait toujours un coup d'œil, l'essuya avec son mouchoir, vint s'accouder au comptoir en homme qui a l'intention de rester là. Ils gardèrent d'abord le silence.

— Vous ne savez pas s'il est marié? demanda enfin le gérant.
— Il ne l'était pas quand je l'ai connu.

Et, se souvenant de l'appel de New York :
— Une femme l'a demandé il y a environ une heure.
— Elle n'a pas dit son nom?
— Elle a annoncé qu'elle rappellerait.
— Il y a une photographie, là-haut, sur sa cheminée, une femme brune, très belle, au type étranger. La photo paraît ancienne et cela ne peut pas être sa femme.
— Dans un cadre d'argent?
— Oui.
— Il n'y a pas aussi un portrait d'homme?

Chavez le regarda, surpris, soupçonneux.
— Oui. Un homme qui lui ressemble d'une façon surprenante. Je suppose qu'il s'agit de son père et sa mère?
— Oui.
— Ils étaient riches?
— Le père était négociant en tabacs et possédait des comptoirs un peu partout dans les Balkans et en Egypte.
— Je me demande s'ils ont pu fuir à temps?

Pourquoi Elie était-il convaincu que Michel n'était pas marié? S'il l'avait été, n'y aurait-il pas eu une troisième photographie sur la cheminée, peut-être aussi des portraits d'enfants?

La femme de New York ne parlait pas sur le ton d'une épouse. L'idée que Zograffi était célibataire épouvantait Elie, car cela le faisait penser à la mâchoire artificielle, à la langue dont il ne restait que la moitié, à la voix qui n'était plus qu'un chuintement et tout à coup, lui qui avait tant connu la solitude, découvrait une solitude différente.

— Pourquoi avez-vous tenu à l'attendre?
— Pour rien.

Il avait peur, maintenant, réellement peur du tête-à-tête qu'il attendait avec tant d'anxiété depuis le matin. Chavez ne montait toujours pas rejoindre sa femme. Il devenait évident qu'il avait décidé d'être là quand Zograffi et son compagnon rentreraient du ranch.

Il se mit à arpenter le hall en fumant des cigarettes dont il plantait les bouts dans le sable des crachoirs et, chaque fois qu'il faisait face à la réception, il examinait Elie avec la même curiosité.

— Vous avez terminé vos études ?
— Non.
— Pourquoi?
— Pour des raisons personnelles.
— Vous étiez pauvre?

Si Chavez n'avait pas été là, Elie se serait préparé du thé, car il commençait à s'engourdir et ses paupières picotaient. Avec seulement la moitié des lampes allumées, toute une partie du hall restait dans l'ombre.

— Les voici !

On entendait une voiture qui tournait le coin de la rue et qui, en effet, vint s'arrêter devant l'hôtel. Une portière claqua, une autre. Elie se leva, de façon à être bien en vue, tandis que le gérant se précipitait vers la porte.

Zograffi entra le premier et c'était vrai que, de loin, il ressemblait d'une façon presque hallucinante à la photographie de son père. A mi-chemin de l'ascenseur, il s'arrêta et Jensen se dirigea vers le comptoir afin de prendre la clef. La gorge serrée Elie était décidé à prononcer au moins le mot bonsoir. Il le fit, au prix, d'un dur effort, tourné à la fois vers les deux hommes.

Michel le regarda, surpris, fronça les sourcils comme s'il cherchait à comprendre et enfin, avec un imperceptible haussement d'épaules, fit de la main un geste qu'il devait avoir pour tous ses employés. De sa place, Elie crut entendre :

— Bonsoir.

Il n'en fut pas sûr. Cela n'avait été qu'un son indistinct, une sorte de glouglou, et les trois hommes disparurent dans l'ascenseur dont Chavez referma la porte métallique.

De son propre appartement, dix minutes plus tard, le gérant téléphona :

— Ils n'ont besoin de rien et ne veulent pas être dérangés. Si on appelle de New York, dites de rappeler demain à partir de dix heures.

Michel se levait-il toujours aussi tard que jadis et avait-il gardé l'habitude de traîner en robe de chambre et en pantoufles? D'y penser, Elie retrouvait l'odeur particulière qui régnait dans la chambre grenat, mélange de tabac blond et d'eau de Cologne.

Il gardait l'espoir qu'on lui fasse signe. Ce n'était pas possible que Zograffi n'ait rien voulu dire à Chavez et que, dans quelques minutes, il téléphone à Elie pour le prier de monter. Peut-être même, afin d'éviter la présence de Jensen, était-ce lui qui allait descendre?

Nerveux Elie sortit de son cagibi et se mit à marcher dans le hall.

Tout le monde était rentré. Rien ne l'empêchait de mettre la chaîne et de s'étendre sur un des canapés de cuir.

Après une dizaine de minutes, il gagna la rue, qu'il traversa, et, sur l'autre trottoir, leva la tête vers le haut de l'immeuble où il ne vit que deux fenêtres éclairées. Le ciel fourmillait d'étoiles. On entendait au loin la voix des criquets dans la montagne. De l'autre côté de l'arroyo, dans le quartier résidentiel, de rares fenêtres se dessinaient en jaune, deux ou trois, mais pas dans sa maison. Carlotta dormait, avec, comme d'habitude, deux ou trois chats sur son lit.

Si le téléphone avait sonné dans le hall, il l'aurait entendu de la rue et il resta là longtemps, le regard fixé sur les fenêtres du sixième étage qui, soudain, devinrent du même noir que les autres.

Alors ses joues s'empourprèrent, les yeux lui brûlèrent, ce qui était sa façon à lui de pleurer. Il poussa la porte, mit la chaîne, ne sut de quel côté diriger ses pas dans le hall qui lui paraissait plus vaste que d'habitude.

Il finit par pénétrer au vestiaire et par descendre l'escalier de fer qui conduisait aux cuisines où il tourna le commutateur électrique. Cela lui arrivait souvent quand il était de nuit, presque toujours, et chaque fois il se faisait l'effet d'un coupable. Il ouvrait les réfrigérateurs les uns après les autres, mangeait n'importe quoi, une cuisse de poulet, du fromage, des sardines dont il y avait toujours une grosse boîte ouverte et avant de remonter, bourrait ses poches de fruits.

Il aurait pu, comme Emilio, se faire préparer un repas froid pour la nuit. Il y avait droit, mais l'idée ne lui en venait pas et quand, le matin, il entendait le chef grommeler parce que des victuailles avaient disparu, il se gardait d'avouer que c'était lui.

Il ne s'assit pas plus que les autres nuits; comme les autres nuits, il avait l'oreille aux aguets, la peur d'être surpris.

Il mangeait encore en remontant l'escalier, avala la dernière bouchée sans la mâcher quand l'idée lui vint qu'il pourrait se trouver face à face avec Michel.

Mais il n'y avait personne dans le hall dont il fit le tour, méfiant, comme s'il s'attendait à découvrir quelqu'un tapi derrière un des fauteuils.

Il faudrait bien qu'on lui donne sa chance tôt

ou tard. Il était trop fatigué pour rester debout et il ne se sentait pas en sûreté en dehors de son cagibi, préférait y passer le reste de la nuit sur une chaise inconfortable que de l'autre côté dans un fauteuil.

C'était une des choses qu'il devait expliquer, faute de savoir si les autres étaient comme lui : il avait besoin de son coin.

Peut-être, si ridicule que cela paraisse, était-ce la raison de tout ce qui était arrivé? Ce n'est pas par là qu'il commencerait. La première phrase à dire, parce que c'était le point essentiel, était :

— *Quoique tu puisses penser, Michel, je ne t'ai jamais haï.*

Lui disait-il « tu », jadis? Il avait oublié. C'était un détail qui lui échappait et cela le tracassait. N'était-ce pas curieux aussi qu'il se mette à penser son discours en polonais?

— *J'ai essayé. J'ai tout fait pour vous haïr, parce qu'alors cela aurait été facile. Je n'ai pas pu. Ce n'était pas une question de haine. Ce n'était pas non plus une question personnelle. Je savais que vous n'y pouviez rien, mais vous m'avez quand même tout pris.*

Le « vous » n'allait pas. Il fermait les yeux, s'efforçant de retrouver l'atmosphère de la salle à manger de Liège où il s'agenouillait devant la serrure.

Il n'y arrivait pas. Il se revoyait assis à table, devant ses livres et ses cahiers, entendait le ronronnement du poêle, apercevait le profil perdu de Louise assise dans son fauteuil mais, alors que cette image-là l'avait hanté autrefois, au point de le faire crier, seul dans sa chambre, il n'était plus capable de l'imaginer sur le lit, le bas de son corps pâle et nu.

Cela ne comptait pas, il l'avait découvert par la suite. Louise n'avait aucune importance. Ce qui comptait...

Michel était devenu un personnage considérable, sans doute avare de ses minutes.

Ce serait maladroit de lasser sa patience. Elie devait trouver les phrases précises, sinon peut-être le regarderait-il encore comme il l'avait regardé tout à l'heure, avec l'air de se demander ce qu'il faisait sur son chemin.

Est-ce cela qu'il avait dans la tête? Le méprisait-il assez pour ne pas lui laisser l'occasion de s'expliquer?

Il ne l'avait pas dénoncé, jadis, sinon la police aurait trouvé le moyen de l'arrêter. Ils ont des listes qu'ils conservent pendant des années et des années et qu'ils envoient dans tous les pays. Pour venir en Amérique, Elie avait dû se présenter au consulat de Pologne, à celui des Etats-Unis, obtenir un certificat de la police d'Altona, et, nulle part, on n'avait sourcillé en le voyant et en entendant son nom.

Michel s'était donc tu. Etait-ce parce qu'il avait compris et qu'il avait pitié?

Mais alors, pourquoi ne lui faisait-il pas la grâce d'un moment d'entretien. Il avait été occupé tout l'après-midi, soit. Ce soir, en rentrant, il ne l'était pas et il ne s'en était pas moins couché sans avoir la curiosité de poser une seule question à Elie.

Pourquoi l'avait-il regardé comme avec surprise? Parce qu'il était devenu gras et que ses cheveux roux s'étaient éclaircis, ou bien parce qu'il passait sa vie dans le cagibi de la réception d'un petit hôtel?

C'était à cause de lui, que Michel avait le bas du visage figé, déformé, qu'il ne pouvait s'exprimer que par des bruits ridicules et que chacun, en le regardant, éprouvait de la gêne. Pouvait-on s'attendre à ce qu'il ne lui en veuille pas?

— *Moi aussi*, plaida Elie, *j'ai eu ma vie changée à cause de vous, moi aussi je vous en ai voulu, je me suis efforcé de vous détester, j'ai décidé de vous punir.*

Que Michel le punisse si cela devait le soulager. C'était son droit. Qu'il dise quelle punition il exigeait et Elie l'accepterait d'avance.

— *Seulement, de grâce, ne me forcez pas à repartir!* Il ne pouvait plus.

Que cette fois-ci, au moins, on lui laisse son coin. Ou alors qu'on le tue. La mort lui faisait peur. L'idée d'être couché par terre, inerte, les yeux ouverts, avec des gens qui marchaient autour de lui et finiraient par l'emporter avant qu'il se décompose était encore plus terrifiante que l'idée du froid. Qu'on le tue, néanmoins s'il le fallait. Qu'on fasse vite.

Michel ne devait pas être assez cruel pour lui imposer, exprès, cette attente-là. C'était un homme occupé, aux responsabilités multiples.

— *Je sais que vous avez beaucoup de choses en tête, des décisions à prendre, des gens qui attendent, mais cela ne vous demandera que quelques minutes pour décider de mon cas.*

C'était tout simple. Il suffisait qu'on lui permette de s'expliquer.

Il avait trouvé le mot pour définir le sourire de Michel autrefois, sa légèreté, son enjouement qui empêchaient que les gens lui en veuillent. Il *jouait* et ne s'en rendait pas compte. Il écrasait les gens sous son talon comme on écrase des insectes en marchant et ne connaissait pas le remords parce qu'il ne connaissait le mal.

— *Comprenez-vous ce que je veux dire? Vous étiez innocent et vous ignoriez ce que c'est de souffrir, d'avoir froid, d'avoir faim, d'avoir peur, de se trouver laid et sale et d'en avoir honte. Il vous fallait tout, parce que vous aviez envie de tout, et moi, qui ne possédais que mon coin dans la cuisine de Mme Lange, avec l'idée d'y passer ma vie, vous m'avez...*

Ce n'était pas cela. Il ne retrouvait pas l'idée claire, si simple, qu'il avait découverte au cours des nuits d'Altona. N'était-ce pas invraisemblable qu'il ait oublié une chose aussi importante? Tout, alors, lui paraissait lumineux et, s'il avait eu Michel devant lui, il était sûr qu'il l'aurait convaincu.

La notion d'innocence s'y trouvait, mais pas exprimée de la même manière. Il était urgent qu'il trouve et que l'explication soit juste, car il ne voulait pas tromper Michel et ce n'était pas à sa pitié qu'il se proposait de faire appel.

C'était à son jugement. Ce qu'il désirait, c'était lui parler d'homme à homme, aussi sincèrement, plus sincèrement qu'on ne se parle à soi-même.

— *Nous sommes deux hommes, rien de plus que des hommes, et soudain j'ai été malheureux, j'ai vu s'écrouler toutes les idées que je m'étais faites...*

Comment lui expliquer que c'était venu de ce qu'il avait vu par le trou de la serrure, des gestes que Michel avait faits avec une gamine mal portante?

Lui ne pensait plus à Louise depuis longtemps. Ce serait Michel, sans doute qui s'en souviendrait, qui demanderait :

— *Pourquoi?*

Ce n'était pas possible de répondre. La vérité était plus simple. Il dirait sans commentaires :

— J'ai essayé de vous tuer. Je ne suis parvenu qu'à vous blesser et ai manqué de courage pour vous achever. C'est votre droit de vous venger.

Le mot venger choquerait Michel. Ce n'était pas non plus celui qu'Elie pensait.

— Punissez-moi.

Comme lui-même l'avait puni autrefois. C'était net. C'était clair. Si Michel réclamait d'autres explications, il s'efforcerait de les lui fournir. Tant pis s'il n'y parvenait pas.

Il dormait, là-haut. Peut-être, quand il respirait par la bouche, émettait-il le même sifflement que quand il parlait ?

Les Chavez dormaient aussi. Tout le monde dormait. Et Carlotta dans leur maison, avec les chats.

Elie ne demandait rien à personne, seulement qu'on le laisse dans son coin. Il n'avait rien demandé à Louise non plus, ni à Mme Lange, se contentant de la chaleur qu'elles mettaient dans la maison. Carlotta n'avait pas compris, au début, qu'il ne se fâche pas quand il rentrait et que le ménage n'était pas fait parce que ses sœurs et des voisines étaient venues.

Elle avait pris l'habitude de le voir balayer, mettre de l'ordre, souvent préparer les repas et elle ne devait pas le considérer comme un homme normal, se demandait probablement pourquoi il avait tenu à vivre avec elle.

A quoi bon essayer d'expliquer ? Il ne voulait pas être seul, un point c'est tout.

— *Jugez-moi. Dépêchez-vous !*

Que cela finisse ! Qu'il soit enfin en paix !

Il mangea, par protestation contre il ne savait quoi. Et, quand il n'y eut plus de fruits dans ses poches, il descendit une seconde fois à la cuisine.

Cela le rassurait de se sentir le ventre plein. C'était une preuve qu'il existait.

Il s'assoupit peu à peu, ne dormit pas mais perdit assez conscience pour sursauter quand le jour commença à se lever et qu'on entendit les premiers bruits de la ville.

Il avait l'impression qu'il venait de vivre la plus mauvaise nuit de sa vie, en restait courbaturé physiquement et moralement. Il se détourna en voyant ses gros yeux glauques dans le miroir, alla se rafraîchir le visage et les mains.

Deux femmes, à six heures et demie, des Mexicaines pauvres et maigres, entreprirent le nettoyage du hall, puis le cireur de chaussures ouvrit le volet de fer de chez Hugo où, un peu plus tard, un cycliste jeta un tas de journaux qui venaient d'arriver à la gare.

Quand Elie entendit du bruit dans la cuisine, il alla crier par la porte entrouverte qu'on lui monte du café fort.

Il se rendait compte, dans la lumière du jour, que ce serait peut-être encore long, perdait l'espoir que Zograffi se penche tout de suite sur son cas. C'était à présent un homme d'affaires. Cela ne lui paraissait pas étrange.

Emilio téléphona.

— Vous ne voulez pas que je vienne vous remplacer ?

Il hésita. Il s'était promis de ne pas quitter l'hôtel tant qu'il n'aurait eu une explication avec Michel. Maintenant, il se demandait s'il en aurait la force.

Tout à l'heure, là-haut, ils se feraient monter leur petit déjeuner et commenceraient à donner des coups de téléphone, Craig serait appelé, d'autres sans doute, tandis que Chavez, toujours anxieux, passserait la matinée accoudé au comptoir de la réception.

Quelle chance y avait-il qu'on s'occupe de lui ?

— Entendu, venez.

Il ne renonçait pas. Il subissait seulement l'écœurement du petit matin. Le soleil était déjà brillant, l'air devenait chaud. Il avait envie de s'étendre, de fermer les yeux et de dormir. Dormir vraiment, sans penser à rien, sans rêver. Dormir, chez lui, sur son lit encore moite du corps de Carlotta, dans la lumière dorée que filtraient les stores vénitiens, fenêtres ouvertes, entouré des bruits familiers qui lui parvenaient du dehors, du caquet des poules, de l'aboiement d'un chien, des coups de klaxons et de la voix aiguë des femmes qui s'apostrophaient en espagnol et qui parlaient si vite qu'on s'attendait à ce qu'elles tombent à court de souffle.

C'était son coin. Il suerait, reniflerait sa peau grasse, se sentirait gros et sale, et lâche.

Il s'enfoncerait dans ce sommeil-là comme s'il ne devait jamais se réveiller et, quand il ouvrirait les yeux, il ressentirait le même mépris pour lui-même que s'il avait trop bu pendant la nuit. Il n'avait pas besoin d'alcool pour se saouler et pour avoir la gueule de bois. Même ses yeux, ce matin, ressemblaient à des yeux d'ivrogne et les deux femmes qui faisaient le ménage du hall le regardaient de travers.

Cela finirait. Il avait toujours su que cela finirait un jour. Il se débattait encore faute du courage de se résigner.

Est-ce que, au 66, Michel se rendait compte de tout cela? N'aurait-il pas pitié? Quelqu'un, un jour, n'importe qui, n'aurait pas pitié de lui?

Emilio arriva à vélo et alla ranger son chapeau de paille au vestiaire. Il était maigre, avec une petite moustache brune sur un visage de travers qui lui donnait l'air d'un traître de cinéma.

Elie lui fit place dans le cagibi. Emilio se pencha sur le bureau, consulta les fiches.

— Ils sont là-haut?
— Oui.
— Pas de consigne?
— Ne pas les déranger avant dix heures, même si on téléphone de New York.

Il hésitait encore à partir, s'en voulait d'avoir cédé à une faiblesse du petit matin. Il n'avait plus envie de dormir, de s'éloigner de l'hôtel. Il lui semblait qu'en perdant le contact il se mettait en danger.

— Vous avez mauvaise mine. Vous n'êtes pas malade?
— Non.

— J'ai entendu dire qu'il est en train de racheter les ranchs de la vallée avec l'idée de les fertiliser avec l'eau du lac. Vous comprenez ? Il pompe l'eau pour remettre la mine en activité. Cela prendra au moins un an. Cette eau-là s'écoulera dans la vallée et, du coup, des terres qui ne valaient presque rien produiront plusieurs récoltes, de l'alfapha, des arachides et même du coton. On prétend que Ted Brian s'est laissé rouler et que d'autres ont vendu aussi.

Elie le regardait d'un œil si vague qu'Emilio s'interrompit.

— Cela ne vous intéresse pas ?

Quelle importance cela avait-il pour Elie ? Michel Zograffi était peut-être venu à Carlson-City pour brasser des affaires. Ces affaires-là étaient déjà passées au second plan.

Il était inimaginable qu'il n'en soit pas ainsi, pour Michel aussi bien que pour lui.

— A ce soir. Dormez bien.

Il vit le vieux Hugo qui avait déjà pris place dans son fauteuil et qui lui fit signe de venir lui parler. Il feignit de ne pas s'en apercevoir, se dirigea vers le bas de la ville, traversa l'arroyo qui était à sec comme pendant les neuf dixièmes de l'année, monta lentement la pente de l'autre côté.

La porte était ouverte ; ainsi que toutes les fenêtres. Il y avait un semblant de brise. Carlotta dormait et il eut le temps de se déshabiller avant qu'elle se rende compte de sa présence. Ensemble, ils parlaient le plus souvent espagnol. Ou bien il lui parlait anglais et elle lui répondait dans sa langue à elle.

— C'est toi ?

Elle reculait pour lui faire de la place. Le lit était chaud et humide. Elle repoussa un des chats qui roula sur la carpette en miaulant.

— Tu n'es pas trop fatigué ?

Il la regardait avec la même indifférence qu'il regardait son propre corps.

— Tu dormiras mieux si je me lève.

Il ne protesta pas et elle s'assit au bord du lit, se gratta sous les seins, se mit enfin debout et saisit sa robe de chambre avant de se diriger vers la cuisine.

Il dirait à Michel :

— Vois-tu...

Est-ce qu'il le tutoyait ou est-ce qu'il ne le tutoyait pas? La dernière chose dont il eut conscience fut que Carlotta jetait du grain aux poules qui se précipitaient vers elle en caquetant.

CHAPITRE IV

LA CHANCE DE ZOGRAFFI

Q UAND ELIE S'EVEILLA,
il entendit sur la véranda les voix de Carlotta et
d'une de ses sœurs, Eugénia, qui avait épousé un
contremaître mexicain de la mine et qui avait six
enfants. Seuls les deux aînés allaient à l'école et
elle traînait les autres derrière ses jupes sans paraître s'en préoccuper. Carlotta et elle pouvaient
jacasser pendant des journées entières sans être jamais lasses, parlant de n'importe quoi, trouvant
matière de rire, ne s'interrompant tout à coup que
quand Elie paraissait.

Il s'était souvent demandé si Carlotta et les siens
n'avaient pas un peu peur de lui. Les femmes, en
tout cas, en sa présence, perdaient leur gaieté et
leur naturel, non seulement comme s'il était un
étranger mais un être d'une autre espèce qui leur restait incompréhensible. L'autre sœur, Dolorès, avait
quatre enfants; elle en aurait cinq si l'un n'était pas
mort, davantage si elle n'avait pas fait presque chaque année une fausse-couche.

Derrière son dos, les maris se moquaient de lui,

il le savait, usant d'un mot précis pour exprimer qu'il n'était pas un homme puisque Carlotta n'avait pas d'enfant.

Deux des garçons et une petite fille d'Eugénia jouaient devant la fenêtre, accroupis tous les trois, accomplissant des rites mystérieux avec des cailloux irisés.

Quand il émergea sur la terrasse, après avoir passé un pantalon et glissé ses pieds nus dans des pantoufles, les deux femmes, comme il s'y attendait, se turent sans même finir la phrase commencée, avec l'air d'être prises en faute. Renversée dans un *rocking-chair,* Eugénia avait un sein hors de son corsage rouge et son dernier-né, qui têtait, fixa Elie de ses grands yeux noirs comme certains bébés d'animaux, au zoo, regardent les curieux arrêtés devant leur cage.

— Tu veux manger?

Carlotta, installée dans un *rocking-chair,* aussi, ne faisait rien que se balancer en contemplant la ville dans le soleil, de l'autre côté de l'arroyo.

Il préférait se servir lui-même, soulever le couvercle des marmites, ouvrir le frigidaire. Il trouva du riz aux piments rouges et au chevreau, s'en réchauffa une grosse assiétée, qu'il alla manger sur un coin de la table où les autres avaient déjà pris leur repas et qu'elles n'avaient pas débarrassée.

De voir qu'il était déjà deux heures le troublait, sans raison précise, peut-être parce qu'il aurait juré qu'il avait dormi une heure au plus. Carlotta le rejoignait, les mains aux hanches.

— Tu te recouches? demanda-t-elle.

Cela lui arrivait, quand il travaillait de nuit, de dormir toute la journée ne se levant que juste le temps de manger.

Il fit non de la tête.

— Tu retournes à l'hôtel?

Il dit oui. Il avait eu tort de le quitter, de céder

à un moment de fatigue, à une dépression momentanée.

— Tout à l'heure, continua-t-elle, j'ai cru qu'on venait te chercher.

Elle en parlait comme si cela n'avait pas d'importance, exactement comme si elle ne parlait que pour lui faire la conversation.

— Il était environ onze heures du matin. Eugénia n'était pas arrivée. Je me trouvais sur la véranda quand une grande limousine noire est passée lentement, ralentissant encore devant chaque maison dont le chauffeur regardait les numéros avec l'air de chercher quelqu'un. Devant chez nous, il s'est arrêté tout à fait et j'ai vu qu'il lisait le nom sur la boîte aux lettres. Je me suis dirigée vers le trottoir pour lui demander ce qu'il voulait et il me voyait venir. Quand je n'ai plus été qu'à deux mètres de lui, il a appuyé sur le démarreur et l'auto s'est dirigée vers le coin de la rue où elle a disparu.

— Il y avait quelqu'un d'autre dans la voiture?

— Personne. Seulement le chauffeur, en livrée noire comme la carrosserie.

Cela ne pouvait être que Dick, le chauffeur de Zograffi.

— Il ne s'est arrêté devant aucune autre maison?

— Non. Je me suis dit qu'on avait besoin de toi à l'hôtel et qu'on te faisait chercher.

Il continua de manger, mais il avait encore plus hâte de s'en aller.

— Pourquoi penses-tu qu'il soit venu examiner la maison?

— Je ne sais pas.

Il croyait comprendre. La veille, Zograffi n'avait-il pas demandé au gérant combien Elie gagnait et depuis combien de temps il vivait à Carlson-City. Il continuait à se renseigner. Sans doute voulait-il savoir comment il vivait et il avait envoyé son chauffeur.

Pourquoi, alors qu'il aurait été si simple de le questionner lui-même?

— Tu rentres ce soir?
— Je ne crois pas.
— Tu vas encore passer la nuit là-bas.

Elles le regardèrent s'éloigner et, seulement quand il fut hors de portée de voix, elles purent reprendre le cours de leurs histoires de femmes.

Il y avait plus d'animation que d'habitude dans les rues et des groupes d'hommes en chemise blanche stationnaient devant les bureaux de la compagnie dans l'attente des nouvelles. L'auto de Zograffi n'était pas à la porte de l'hôtel. Trois spécialistes qui travaillaient pour Craig étaient affalés dans des fauteuils du hall, le chapeau sur la nuque, un cigare aux lèvres, et on apercevait quelques clients au bar.

Elie ne vit pas le gérant, se dirigea vers le comptoir derrière lequel Emilio était à son poste.

— Rien de nouveau?
— Ça va et vient depuis le matin.
— Ils sont sortis?
— Il y a une heure, avec Craig et deux autres ingénieurs. Il paraît qu'ils sont allés visiter la mine.
— Personne n'a demandé après moi?
— Personne.
— Où est Chavez?
— Il vient de monter chez sa femme.
— Vous pouvez aller. Je prends le service.
— Pas jusqu'à demain?
— Si. C'est inutile que vous reveniez cette nuit. Seulement, j'aimerais que le gérant ne sache pas que c'est moi qui l'ai demandé. Vous pourriez lui dire que votre femme ne se sent pas bien.

Elle était souvent malade. Emilio n'osait pas refuser. Enchanté d'avoir du temps de libre, il n'en était pas moins inquiet de l'attitude d'Elie. C'était la première fois que quelqu'un lui proposait de faire son travail et il s'efforçait de comprendre pourquoi, devinait que cela avait un rapport avec l'arrivée du nouveau propriétaire. Mais quel rapport?

— Deux voyageurs ont débarqué de New York, dit-il en désignant les fiches.

— Pas de femme?

— Non.

— Aucune femme n'a téléphoné de New York?

— Si. A onze heures et quart, pour le 66. Ils ont parlé pendant plus de dix minutes. Les deux nouveaux voyageurs, qui ont l'air d'hommes d'affaires ou d'avocats, sont au 22 et au 24. Ils sont montés au 66 pendant une heure et sont redescendus pour déjeuner. Maintenant, je suppose qu'ils font la sieste car ils ont pris l'avion de nuit. C'est tout. Pas de départs. Pas de réservations.

D'un coup d'œil, il fit comprendre que Chavez descendait l'escalier.

— Je dois vraiment lui dire?...

— Oui.

— Monsieur Chavez, je suis désolé. Ma femme vient de me téléphoner qu'elle a eu une de ses crises et...

Il mentait bien. Le gérant n'en regardait pas moins Elie d'un air sournois. C'est à lui qu'il demanda :

— Vous comptez faire encore la nuit?

Il ne comprenait pas mieux qu'Emilio ne comprenait. D'autre part, cela l'impressionnait qu'Elie ait connu Zograffi autrefois. Ne sachant pas au juste quelles avaient été leurs relations, ni ce qu'elles seraient dans l'avenir, il préférait se montrer prudent.

— Comme vous voudrez.

Emilio s'en alla, passant d'abord au vestiaire. Elie examina les fiches, transcrivit des noms et des chiffres dans un des livres tandis que Chavez restait appuyé d'un coude au comptoir dans sa pose familière.

— Ne m'avez-vous pas demandé hier quand il était arrivé aux Etats-Unis?

— Je ne m'en souviens pas.

C'était vrai. Il lui était passé tant d'idées par la tête depuis la veille qu'il ne distinguait plus ce qu'il avait pensé de ce qu'il avait pu dire à voix haute.

— Il a débarqué en 1939, deux mois avant qu'Hitler envahisse la Pologne, et que l'Angleterre et la France déclarent la guerre. C'est à croire qu'il prévoyait ce qui allait se passer.

Elie n'osait pas poser de questions, restait comme en suspens avec l'espoir que son interlocuteur continue.

— Il était déjà riche, possédait entre autres des intérêts dans des mines de cuivre du Congo Belge. Sa mère et lui se sont installés au Saint-Régis et il a toujours gardé cet appartement, même quand, plus tard, il a acheté une propriété dans Long-Island.

Elie ne put s'empêcher de demander :
— C'est lui qui vous l'a dit?
— Je l'ai appris par Hugo. Un de ses clients, qui a des mines au Mexique, à quarante milles d'ici, s'est trouvé en affaires avec Zograffi. Il prétend que c'est davantage un joueur qu'un brasseur d'affaires. Son premier coup, à peine arrivé en Amérique, a été de racheter un gros paquet d'actions d'une mine canadienne qui ne trouvaient pas preneur sur le marché à dix *cents* pièce. Huit mois plus tard, on y découvrait de la pechblende et les actions sont aujourd'hui cotées à dix-huit dollars. Depuis, il en a été de même avec presque tout ce qu'il a entrepris.

— Sa mère vit toujours?
— Je crois. Sans doute dans le Long-Island.

Il hésita, posa quand même la question.
— Il est marié?
— Non. Ce n'est pas qu'il n'aime pas les femmes car, à New York, à Miami, à Las-Végas, il est toujours entouré de filles magnifiques. L'une d'elles a téléphoné ce matin.
— Je sais.

Cela lui avait échappé; il avouait ainsi qu'il avait déjà questionné Emilio.

— Il parle de moderniser l'hôtel pour l'hiver prochain et on attend demain des entrepreneurs de Tucson. Mme Carlson va probablement lui vendre son ranch, si ce n'est déjà fait. Craig reste directeur de la mine et Jensen supervisera les travaux pendant les premiers mois.

Tout cela excitait Chavez, dont la seule crainte était que le nouveau propriétaire ait quelqu'un à mettre à sa place. Il observait toujours Elie.

— Vous avez envie de lui parler?

Elie rougit. C'était plus fort que lui. Il avait toujours rougi quand il avait l'impression d'être pris en faute, même s'il ne l'était pas, et le gérant devenait plus soupçonneux, au point d'abattre en quelque sorte ses cartes sur la table.

— Je ne suppose pas que vous ayez l'intention de profiter de vos anciennes relations pour...

C'était trop direct. Si Elie n'avait pas encore eu cette idée-là, il était en outre imprudent de la lui mettre en tête.

— Vous aimeriez changer de poste?
— Certainement pas.
— Vous en êtes sûr?
— C'est la vérité.

Cette fois, il parlait avec chaleur; ajoutait :

— Même si on m'offrait une place dix fois meilleure, je demanderais à rester à la réception.

Chavez n'avait pas osé demander pourquoi. Il ne pouvait évidemment pas comprendre. Depuis cette conversation il rôdait autour d'Elie en essayant de se faire une opinion. Elie le sentait et, chaque fois qu'il se sentait observé, se mettait à rougir, l'air coupable.

Zograffi rentra à cinq heures et, outre Jensen et Craig, il y avait deux hommes avec lui. Il s'arrêta, selon son habitude, au milieu du hall. Ceux qui attendaient dans les fauteuils se levèrent. Craig s'avança pour les présenter l'un après l'autre. De loin, Elie n'entendait pas ce qu'il disait. Ils avaient l'air d'échanger seulement des formules de politesse.

Quand Zograffi tourna la tête, au moment où Jensen venait chercher la clef son regard rencontra celui d'Elie et il fronça les sourcils comme il l'avait fait la veille, parut soudain pressé, se dirigea à pas rapides vers l'ascenseur.

Elie eut l'impression qu'il venait de faire une découverte, mais il en était tellement abasourdi qu'il se refusait à y croire.

Est-ce que Zograffi avait réellement peur de lui?

Il revoyait dans leurs moindres détails, comme en tournant un film au ralenti, les mouvements qu'il avait faits pour aller du milieu du hall à l'ascenseur de Gonzalès, la ligne de ses épaules, l'expression de sa physionomie. C'était l'expression d'un homme qui aperçoit soudain un chien hargneux et s'en éloigne en hâte, un homme qui aurait été déjà mordu par ce chien-là, par exemple.

Ce n'était pas croyable. Michel savait qu'Elie était inoffensif. Il avait vu son visage, aussitôt après le coup de feu, savait qu'il avait été incapable de presser la détente une seconde fois, même alors qu'on l'en suppliait.

Michel se trompait. Elie n'était qu'un gros homme sans autre ambition que de vivre en paix dans son trou. Chavez se trompait aussi s'il se figurait qu'il avait envie de prendre sa place.

Il ne convoitait la place de personne, pas même celle de Zograffi dont il n'aurait su que faire.

Il fallait qu'il le lui dise, qu'on le sache, qu'on en finisse avec les idées fausses qu'on entretenait à son sujet.

Il y aurait bien un moment où Zograffi, tout important qu'il était, pourrait lui accorder cinq minutes de son temps. Trois minutes seulement !

— *Pardon, Michel. Je regrette. J'en ai souffert autant que toi, plus que toi. Je ne le ferai plus.*

C'était ridicule ? Peut-être pas tant que ça. Michel comprendrait. S'il n'avait pas été capable de comprendre, il ne l'aurait pas regardé comme il l'avait fait quand il était étendu au pied de la palissade et, plus tard, il l'aurait dénoncé.

Il n'avait pas besoin d'avoir peur. Il n'y avait pas de hargne, pas d'envie dans le cœur d'Elie, même après ce que Chavez lui avait dit de la chance de son ancien camarade. On devait s'attendre à cette chance-là. Michel continuait de jouer, à la différence qu'aujourd'hui, c'était avec des mines et avec le destin de milliers d'hommes.

Tout le monde l'aimait, jadis et, à présent, tout le monde lui faisait confiance. Ils accouraient de partout pour se mettre à sa remorque et bientôt Carlson-City renaîtrait, des gens étaient arrivés de New York, d'autres étaient en chemin, qui attendraient son bon plaisir.

C'était inouï que Michel ait peur de lui. Peur de quoi ? Qu'il le tue une seconde fois ?

Etait-ce par hasard pour l'épier qu'il avait envoyé son chauffeur rôder autour de la maison ?

Elie s'était sûrement trompé. Ce n'était pas de la peur. Il ne jouait pas le rôle d'un chien hargneux, mais celui d'une mouche importune.

Cela agaçait Michel, chaque fois qu'il traversait le hall, d'apercevoir son visage rouge et ses yeux globuleux. De loin, Elie devait avoir l'air d'un mendiant. Qu'attendait-il au juste? Que Michel aille lui serrer la main en lui affirmant qu'il ne lui en voulait pas, qu'il lui avait pardonné depuis longtemps, qu'il était enchanté de le voir travailler pour lui?

La vérité c'est que Michel le méprisait, l'avait toujours méprisé, assez pour ne pas se donner la peine de la faire condamner. C'était par mépris que, quand il était avec Louise dans la chambre grenat, il jetait de temps en temps un coup d'œil vers la serrure derrière laquelle un misérable petit Juif de Vilna était agenouillé.

Maintenant qu'il le retrouvait sur sa route, il fronçait les sourcils, impatienté C'était le mot. La présence d'Elie l'impatientait. Il avait d'autres soucis en tête. Il était en train, à lui tout seul, par sa propre énergie et sa confiance, de recréer une ville qui, sans lui, serait morte, qui, deux jours plus tôt, était déjà morte.

Il possédait le pouvoir de le renvoyer. Il lui suffisait de saisir le téléphone, de dire à Chavez :

— Vous mettrez le réceptionniste à la porte.

Il faudrait qu'Elie s'en aille, quitte la ville où personne ne lui donnerait désormais du travail et ne consentirait probablement à lui serrer la main. Carlotta ne le suivrait pas, car elle avait davantage besoin de ses sœurs et de leur marmaille que de lui.

Le téléphone sonnait. Le 66. La voix de Jensen.

— Voulez-vous prier M. Kahn de monter?

C'était un des deux New-Yorkais arrivés le matin.

— Allô! Monsieur Kahn? Ici, la réception. M. Zograffi vous attend là-haut.

Les trois hommes qui avaient été présentés à Michel tout à l'heure fêtaient au bar leur avenir soudain assuré rien que parce qu'ils l'avaient approché et qu'il leur avait serré la main.

Tout l'après-midi, il y eut des allées et venues, Hugo, en face, affalé dans son fauteuil, avait l'air d'une agence de renseignements. Cent per-

sonnes venaient aux nouvelles, attendaient leur
tour, y compris le médecin de la compagnie qui
avait été le dernier averti de ce qui se passait et qui
jetait un coup d'œil aux fenêtres du sixième derrière lesquelles se trouvait son nouveau maître.

Zograffi et Jensen ne descendirent pas dîner, se
firent servir leur repas dans l'appartement qui devait sentir le tabac blond. A huit heures, Zograffi
descendit, seul, traversa le hall sans un regard vers
la réception. Sa voiture n'était pas là. Il profitait de
la fraîcheur relative du soir pour aller faire les cent
pas et les gens le suivaient des yeux sans que personne se permette de lui adresser la parole.

Au moment où il rentrait, une demi-heure plus
tard, Elie, qui était en train de dîner, la bouche
pleine, ne s'en leva pas moins, contourna le comptoir si précipitamment qu'il s'y heurta la hanche, fit
encore deux ou trois pas en avant. Peu lui importait s'il était ridicule ainsi, les joues gonflées de
nourriture.

Michel le vit. Il était impossible qu'il ne le vît pas
s'avancer vers lui, mais, comme il l'avait fait
l'après-midi, il pressa le pas pour s'engouffrer dans
l'ascenseur dont Gonzalès referma la porte.

Alors, sans même finir son repas, Elie saisit une
feuille de papier, écrivit en polonais, sans prendre le
temps de chercher ses mots :

« *J'ai besoin de vous parler.*
« *Elie.* »

Jensen venait de descendre au bar où il avait
retrouvé Craig et quelques autres. Michel était seul
là-haut, dans l'appartement, sans doute occupé à
lire les journaux qu'il avait achetés chez Hugo et
qu'il tenait sous le bras en rentrant. Depuis environ
un quart d'heure, Chavez était allé rejoindre sa
femme qui n'avait pas quitté l'appartement de la

journée et qu'il ne voulait pas laisser voir à Zograffi.

A la surprise de Gonzalès, Elie, sa lettre à la main, pénétra dans l'ascenseur.

— Au sixième !
— Vous ne voulez pas que je la porte ?
— Non.

Eh, là-haut :
— Je vous attends ?
— Ce n'est pas la peine.

Le couloir était faiblement éclairé. La porte du 66 était une porte à deux battants avec, dans le milieu de celui de droite, une fente pour les lettres.

De se trouver seul devant cette porte enleva à Elie son courage et sa main, qui s'était tendue vers le bouton de sonnerie, retomba, il resta un certain temps immobile, à écouter, essayant de deviner ce que Michel faisait à l'intérieur.

L'idée ne lui vint pas de se pencher pour regarder par la serrure. Il n'aurait pas pu. A regret, d'un geste lent, il glissa dans la fente l'enveloppe qu'il avait préparée, l'entendit tomber de l'autre côté sur le plancher.

Quelques secondes passèrent, peut-être une minute. Les ressorts d'un fauteuil ou d'un canapé eurent un léger gémissement. Enfin, il entendit le frôlement de la lettre sur le parquet, le crissement de l'enveloppe que quelqu'un déchirait du doigt.

Si Michel l'avait entendu venir, il savait qu'il n'était pas reparti. Un mètre seulement les séparait. Il lisait, ne regagnait pas tout de suite son fauteuil, restait aussi immobile qu'Elie.

Allait-il refuser à celui-ci la grâce de lui ouvrir la porte ?

Elie balbutia, si bas qu'il s'entendit à peine :
— Michel !

Il attendit encore, répéta un peu plus haut, à peine :
— Michel !

Tant que le silence durait, de l'autre côté du panneau de chêne, il gardait de l'espoir et son sang battait à grands coups. Michel n'avait toujours pas bougé. Il allait tendre le bras, tourner le bouton. Elle ne disait plus rien, retenait son souffle et, au milieu de tout le silence, il entendait un vacarme dans ses tempes.

Enfin, au moment où il était gonflé d'espoir, des pas s'éloignèrent, devinrent plus mous en passant du parquet au tapis et le fauteuil gémit à nouveau, quelqu'un tourna les pages d'un journal.

Il ne sonna pas, n'insista pas, ne dit plus rien. Il dut rester encore un certain temps à la même place afin de reprendre une physionomie à peu près normale, et lentement, tête basse, il se dirigea vers la porte de l'ascenseur dont il pressa le bouton.

Il évita de se tourner vers Gonzalès qui l'observait et avait conscience de son air étrange. Dans le hall, il fut certain qu'il marchait de travers. Chavez, descendu depuis un moment, le regardait venir, une question aux lèvres :

— Vous êtes allé là-haut?

Elle murmura en lui tournant le dos :

— Porter une lettre.

Il n'y avait pas de distribution à cette heure-là, mais le gérant ne fit aucune objection sur ce point, demanda seulement :

— Vous lui avez parlé.

— Je n'ai pas sonné.

Qu'est-ce qu'on voulait qu'il explique? Il n'avait rien à expliquer à Chavez. Il était monté, il avait glissé sa lettre dans la boîte, il avait attendu, il avait appelé :

— Michel.

Et on ne lui avait pas ouvert. C'était tout.

S'il n'avait pas renvoyé Emilio et s'il n'avait pas forcé celui-ci à mentir, il aurait pu rentrer chez lui, essayer de dormir. Michel ne redescendrait plus de la nuit. A moins que, tout à coup, il soit pris de remords ?

Ce n'était pas un homme à avoir des remords. Il était innocent. Il n'avait pas à avoir honte et sans doute n'avait-il jamais demandé pardon à personne.

Pouvait-il demander pardon d'être lui ?

Il avait peur d'Elie, qu'il n'osait plus regarder en face ! Ou bien c'était du mépris. Ou de la pitié. Cela revenait au même. Il existait un être au monde qui lui faisait froncer les sourcils et hâter le pas et, faute d'avoir le courage d'y aller lui-même, il avait envoyé son chauffeur voir comment était sa maison, comment était sa femme.

— Vous tenez à passer la nuit ?
— Oui.
— A votre aise. Je ne peux pas vous en empêcher, puisqu'Emilio prétend que sa femme n'est pas bien. Dès demain, je désire qu'on reprenne les heures de travail normales.

Cela commençait. Qui sait si ce n'était pas la dernière nuit qu'on lui laissait passer à l'hôtel. Il est si facile de se débarrasser d'un homme comme lui ! Il suffit de le mettre à la porte et il s'en va sans rien dire, même s'il n'a nulle part où aller.

Dernière ou pas, il vécut cette nuit-là avec autant d'intensité que la précédente, à la différence que le bar resta ouvert jusqu'à minuit et qu'un des New-Yorkais, qui était sorti, rentra quelques minutes avant une heure.

Elie manœuvra l'ascenseur et l'autre le regardait avec curiosité comme s'il avait eu un bouton sur le nez, ouvrit la bouche pour dire quelque chose, la referma sans un mot.

De sa voix, la plus professionnelle, Elie demandait :

— A quelle heure désirez-vous qu'on vous réveille demain matin ?
— A huit heures.

— Bonne nuit.
— Bonne nuit.

Il descendit à la cuisine pour manger, trouva dans le frigidaire un morceau de gâteau qu'on avait fait spécialement pour Zograffi.

Il le mangea. Il mangeait les restes de Michel. Comme un chien !

Est-ce qu'on donne à un chien qui a mordu une chance de s'expliquer ? Les chiens ne s'expliquent pas. Un mur de silence se dresse entre eux et les hommes. On ne cherche pas à les comprendre. Ils mordent parce qu'ils sont hargneux. Ou bien, comme on dit, parce qu'ils sont vicieux.

Il se saoulait de nourriture et de pensées humiliantes sans avoir à chercher beaucoup pour retrouver matière à humiliation.

L'autre dormait, tout en haut, avec le chant des grillons qui lui parvenait par les fenêtres ouvertes et, dans dix mille ans, les mêmes étoiles scintilleraient dans le ciel. On lui avait appris, autrefois, à calculer leur vitesse. Rien ne s'arrêtait. Le monde paraissait immobile et, dans un mouvement vertigineux, s'en allait Dieu sait où, avec des êtres minuscules comme Elie qui se raccrochaient aux moindres aspérités.

Il dormait, la bouche ouverte, parce qu'un homme finit toujours par s'endormir. On pleure, on crie, on trépigne, on désespère et puis on mange et on dort comme si de rien n'était.

Quand il ouvrit les yeux, au petit jour, et qu'il se regarda dans la glace dans laquelle Chavez ne manquait jamais de s'examiner en passant, il vit que son visage était boursouflé, ses yeux globuleux qui avaient l'air de lui sortir des orbites.

Qui sait ? Il arriverait peut-être à avoir l'air d'un chien méchant. Quoi qu'il advienne, il ne s'en irait pas, il resterait là, qu'on le veuille ou non, cramponné à son pupitre.

Emilio ne viendrait pas avant midi, il le lui avait recommandé la veille. Chavez n'y pouvait rien.

Michel n'était pas descendu de la nuit. Il n'avait pas osé. Et, tout à l'heure, quand il traverserait le hall, il serait flanqué de l'énorme Jensen qui était là comme pour le protéger.

Il ne regarderait pas Elie, ne lui parlerait pas, c'était sûr, désormais.

N'était-ce pas de ce qu'Elie lui dirait qu'il avait si peur? De le voir tout nu à l'intérieur, retourné comme une peau de lapin, blême avec des tâches sanguinolentes?

— Vous êtes encore là? s'étonna Gonzalès en prenant son service.

Il haussa les épaules, descendit à la cuisine se chercher du café. On retirait des petits pains du four et, debout, avec l'air de narguer le chef, il en mangea autant que son estomac pouvait en contenir sans éclater.

Il se sentait mieux. Maintenant, il pouvait les affronter.

Il n'était pas tout à fait huit heures quand le 66 sonna pour le petit déjeuner.

Probablement iraient-ils encore à la mine, ou acheter des ranchs. Quelle différence cela faisait-il? Il n'y avait qu'une chose que Zograffi ne ferait pas : l'aumône de cinq minutes de son temps à Elie qui en avait besoin pour trouver enfin la paix avec lui-même. Il ne savait pas ce que c'était. Il ne le saurait jamais.

Le chauffeur était prêt et, un quart d'heure plus tard, la limousine noire s'arrêtait devant la porte.

Peut-être qu'ils allaient loin, ce matin-ci? Peut-être Zograffi en avait-il fini à Carlson-City et partait-il pour de bon?

Tout se passait très vite, tandis que le gamin arrangeait les journaux à l'éventaire de Hugo. Le 22 téléphonait pour son petit déjeuner, puis le 24.

Deux anciens locataires s'installaient dans la salle
à manger et réclamaient des œufs au bacon. Ils
étaient pressés. Tout le monde paraissait pressé.

Gonzalès se tenait debout devant la porte de son
ascenseur. On le sonnait d'en haut, il s'enfermait,
montait vers les étages supérieurs.

Durant quelques secondes, Elie se trouva seul
dans le hall, puis il entendit les pas de Chavez qui,
au premier étage, s'engageait dans l'escalier. L'ascenseur descendait aussi. Ils avaient l'air de faire la
course. On l'entendait se rapprocher du sol, puis
une sorte d'aspiration au moment où il s'arrêtait.

La porte s'ouvrit à l'instant précis où le gérant
paraissait au tournant de l'escalier. Zograffi, coiffé
d'un panama, sortit le premier, fit quelques pas dans
le hall, s'arrêta à la même place que les autres fois
sans regarder vers la réception tandis que Jensen
s'avançait pour déposer la clef sur le comptoir.

Il ne s'aperçut de rien. Elie, d'un geste naturel,
avait ouvert le tiroir dans lequel, depuis que, dix
ans plus tôt, l'hôtel avait été l'objet d'un *hold up,*
on gardait un revolver chargé. Pour éviter d'atteindre Jensen, il dut faire un pas de côté et quatre
détonations retentirent, Zograffi tourna sur lui-
même en s'affaissant, si les deux cartouches qui
restaient dans le barillet ne furent pas tirées, c'est
que l'arme s'enraya.

Le vase bleu, sur la table, avait volé en éclats.
Les trois autres coups avaient atteint leur but et
Michel, par terre, presque dans la même pose qu'au
pied de la palissade, ne bougeait plus.

Cette fois, il était mort.

FIN

30 octobre 1953

OUVRAGES DE GEORGES SIMENON
AUX PRESSES DE LA CITÉ

COLLECTION MAIGRET

- Mon ami Maigret
- Maigret chez le coroner
- Maigret et la vieille dame
- L'amie de Mme Maigret
- Maigret et les petits cochons sans queue
- Un Noël de Maigret
- Maigret au « Picratt's »
- Maigret en meublé
- Maigret, Lognon et les gangsters
- Le revolver de Maigret
- Maigret et l'homme du banc
- Maigret a peur
- Maigret se trompe
- Maigret à l'école
- Maigret et la jeune morte
- Maigret chez le ministre
- Maigret et le corps sans tête
- Maigret tend un piège
- Un échec de Maigret
- Maigret s'amuse
- Maigret à New York
- La pipe de Maigret et Maigret se fâche
- Maigret et l'inspecteur Malgracieux
- Maigret et son mort
- Les vacances de Maigret
- Les Mémoires de Maigret
- Maigret et la Grande Perche
- La première enquête de Maigret
- Maigret voyage
- Les scrupules de Maigret
- Maigret et les témoins récalcitrants
- Maigret aux Assises
- Une confidence de Maigret
- Maigret et les vieillards
- Maigret et le voleur paresseux
- Maigret et les braves gens
- Maigret et le client du samedi
- Maigret et le clochard
- La colère de Maigret
- Maigret et le fantôme
- Maigret se défend
- La patience de Maigret
- Maigret et l'affaire Nahour
- Le voleur de Maigret
- Maigret à Vichy
- Maigret hésite
- L'ami d'enfance de Maigret
- Maigret et le tueur
- Maigret et le marchand de vin
- La folle de Maigret
- Maigret et l'homme tout seul
- Maigret et l'indicateur
- Maigret et Monsieur Charles
- Les enquêtes du commissaire Maigret (2 volumes)

LES INTROUVABLES

- La fiancée du diable
- Chair de beauté
- L'inconnue
- L'amant sans nom
- Dolorosa
- Marie Mystère
- Le roi du Pacifique
- L'île des maudits
- Nez d'argent
- Les pirates du Texas
- La panthère borgne
- Le nain des cataractes

ROMANS

- Je me souviens
- Trois chambres à Manhattan
- Au bout du rouleau
- Lettre à mon juge
- Pedigree
- La neige était sale
- Le fond de la bouteille
- Le destin des Malou
- Les fantômes du chapelier
- La jument perdue
- Les quatre jours du pauvre homme
- Un nouveau dans la ville
- L'enterrement de Monsieur Bouvet
- Les volets verts
- Tante Jeanne
- Le temps d'Anaïs
- Une vie comme neuve
- Marie qui louche
- La mort de Belle
- La fenêtre des Rouet
- Le petit homme d'Arkhangelsk
- La fuite de Monsieur Monde
- Le passager clandestin
- Les frères Rio
- Antoine et Julie
- L'escalier de fer
- Feux rouges
- Crime impuni
- L'horloger d'Everton
- Le grand Bob
- Les témoins
- La boule noire
- Les complices
- En cas de malheur
- Le fils
- Le nègre
- Strip-tease
- Le président
- Dimanche
- La vieille
- Le passage de la ligne
- Le veuf
- L'ours en peluche
- Betty
- Le train
- La porte
- Les autres
- Les anneaux de Bicêtre
- La rue aux trois poussins
- La chambre bleue
- L'homme au petit chien
- Le petit saint
- Le train de Venise
- Le confessionnal
- La mort d'Auguste
- Le chat
- Le déménagement
- La main
- La prison
- Il y a encore des noisetiers
- Novembre
- Quand j'étais vieux
- Le riche homme
- La disparition d'Odile
- La cage de verre
- Les innocents

SÉRIE POURPRE

Le voyageur de la Toussaint   La maison du canal   La Marie du port

OUVRAGES DE GEORGES SIMENON
AUX PRESSES DE LA CITÉ (suite)

« TRIO »

I. — La neige était sale — Le destin des Malou — Au bout du rouleau
II. — Trois chambres à Manhattan — Lettre à mon juge — Tante Jeanne
III. — Une vie comme neuve — Le temps d'Anaïs — La fuite de Monsieur Monde
IV. — Un nouveau dans la ville — Le passager clandestin — La fenêtre des Rouet
V. — Pedigree
VI. — Marie qui louche — Les fantômes du chapelier
— Les quatre jours du pauvre homme
VII. — Les frères Rico — La jument perdue — Le fond de la bouteille
VIII. — L'enterrement de M. Bouvet — Le grand Bob — Antoine et Julie

PRESSES POCKET

Monsieur Gallet, décédé
Le pendu de Saint-Pholien
Le charretier de la Providence
Le chien jaune
Pietr-le-Letton
La nuit du carrefour
Un crime en Hollande
Au rendez-vous des Terre-Neuvas
La tête d'un homme

La danseuse du gai moulin
Le relais d'Alsace
La guinguette à deux sous
L'ombre chinoise
Chez les Flamands
L'affaire Saint-Fiacre
Maigret
Le fou de Bergerac
Le port des brumes
Le passager du « Polarlys »
Liberty Bar

Les 13 coupables
Les 13 énigmes
Les 13 mystères
Les fiançailles de M. Hire
Le coup de lune
La maison du canal
L'écluse n° 1
Les gens d'en face
L'âne rouge
Le haut mal
L'homme de Londres

A LA N.R.F.

Les Pitard
L'homme qui regardait passer les trains
Le bourgmestre de Furnes
Le petit docteur
Maigret revient

La vérité sur Bébé Donge
Les dossiers de l'Agence O
Le bateau d'Émile
Signé Picpus

Les nouvelles enquêtes de Maigret
Les sept minutes
Le cercle des Mahé
Le bilan Malétras

ÉDITION COLLECTIVE SOUS COUVERTURE VERTE

I. — La veuve Couderc — Les demoiselles de Concarneau — Le coup de vague — Le fils Cardinaud
II. — L'Outlaw — Cour d'assises — Il pleut, bergère... — Bergelon
III. — Les clients d'Avrenos — Quartier nègre — 45° à l'ombre
IV. — Le voyageur de la Toussaint — L'assassin — Malempin
V. — Long cours — L'évadé
VI. — Chez Krull — Le suspect — Faubourg
VII. — L'aîné des Ferchaux — Les trois crimes de mes amis
VIII. — Le blanc à lunettes — La maison des sept jeunes filles — Oncle Charles s'est enfermé
IX. — Ceux de la soif — Le cheval blanc — Les inconnus dans la maison
X. — Les noces de Poitiers — Le rapport du gendarme G. 7
XI. — Chemin sans issue — Les rescapés du « Télémaque » — Touristes de bananes
XII. — Les sœurs Lacroix — La mauvaise étoile — Les suicidés
XIII. — Le locataire — Monsieur La Souris — La Marie du Port
XIV. — Le testament Donadieu — Le châle de Marie Dudon — Le clan des Ostendais

MÉMOIRES

Lettre à ma mère
Un homme comme un autre
Des traces de pas
Les petits hommes
Vent du nord vent du sud
Un banc au soleil
De la cave au grenier
A l'abri de notre arbre
Tant que je suis vivant
Vacances obligatoires

La main dans la main
Au-delà de ma porte-fenêtre
Je suis resté un enfant de chœur
A quoi bon jurer ?
Point-virgule
Le prix d'un homme
On dit que j'ai soixante-quinze ans
Quand vient le froid

Les libertés qu'il nous reste
La Femme endormie
Jour et nuit
Destinées
Quand j'étais vieux
Mémoires intimes

Achevé d'imprimer en juin 1992
sur les presses de l'Imprimerie Bussière
à Saint-Amand (Cher)

PRESSES POCKET - 12, avenue d'Italie - 75627 Paris Cedex 13
Tél. : 44-16-05-00

— N° d'imp. 1688. —
Dépôt légal : 2ᵉ trimestre 1971.
Imprimé en France